坡上桐花

俞杭委 著

北京日报出版社

图书在版编目（CIP）数据

坡上桐花 / 俞杭委著 . -- 北京 ：北京日报出版社，
2023.1
（新时代散文）
ISBN 978-7-5477-4302-7

Ⅰ . ①坡… Ⅱ . ①俞… Ⅲ . ①散文集－中国－当代
Ⅳ . ①I267

中国版本图书馆 CIP 数据核字（2022）第 078481 号

坡上桐花

出版发行：北京日报出版社
地　　址：北京市东城区东单三条8-16号东方广场东配楼四层
邮政编码：100005
电　　话：发行部：（010）65255876
　　　　　总编室：（010）65252135
印　　刷：成都市兴雅致印务有限责任公司
经　　销：各地新华书店
版　　次：2023年1月第1版
　　　　　2023年1月第1次印刷
开　　本：880毫米×1230毫米　　1/32
印　　张：4.25
字　　数：92千字
定　　价：75.00元

序

大地上发出诗意的声响

天已然冷下来了，风紧跟着在窗外呼啸。那个冬夜，我安静地读着《坡上桐花》的书稿，似乎看见大地上灵性的景物，在文字里发出诗意的声响。很多时候，我们像上紧了的发条，天天为生计而疲于奔命，忽略了身边许多美好的事物，故乡的山山水水、风土人情以及亲人们的情深意长，其实一直都在，一直给我们前行的动力和精神滋养。

俞杭委是我的诗友，我习惯叫他山河，在诗歌之路上我们一起走过了十多年。其实，认识俞杭委还是在写诗之前，那时他在乡镇工作，我在报社当记者，他偶尔给我们写个新闻稿，这样不咸不淡地有了接触。大约在2010年，绍兴诗人部落组织活动，新昌几个诗友也经常参加，不知不觉中有了他的身影。而且，他热心于诗歌活动，利用乡镇工作之机，多次组织绍兴诗人赴沙溪、回山、小将、巧英等地采风，留下许多诗篇。

其实，俞杭委是个有故事的人，早年做过代课教师，之后买过中型客车跑客运，还开过十来年的轮胎店，还在村里担任过村委主任、村党支部书记，然后便考上公务员，一步步走来，当上了副镇长。

"生活要有诗意,人生要有远方",这是俞杭委对人生最好的阐释。一直以来他热衷于文学,工作之余,把人家打牌打麻将的时间用以写诗歌、写散文,生活变得多姿多彩。他的诗歌清新灵动,富有张力,行文如行云流水。他的散文清淡典雅,有着水墨江南的灵逸之美。文学来源于生活又高于生活,在农村长大的他,对土地自然有一种热爱之情,对故乡有一种难以忘怀的眷恋。他写山写水,回忆从前或者抒发个人观点。

"一位敞衣露腹,头戴草帽,脚穿布鞋,手摇拨浪鼓,肩挑货郎担的小货郎冒着盛夏的烈日晃进村来。只见他一头篾箩一头筐,篾箩里放着一大块糖,竹筐里放着换来的物品。一头轻一头重,挑着一副令他永远不会平衡不会满意的担子。"在他的文字里,真实重现了许多儿时的记忆,那些人物栩栩如生地呈现在读者面前。

"'咚!咚!咚!'一声拨浪鼓声伴着一阵吆喝。闻声而来的小孩迫不及待地叫住货郎,只见货郎一面慢悠悠地放下担子,一面拽起搭在肩上的毛巾在黝黑的脸膛上擦了把汗,和颜悦色地说:慢慢来小朋友,叔叔把大冰糖给你剁来。'哆!哆!哆!'一声声清脆的金属敲击声响起后,一块沾有米粉的大冰糖递到你的小手上,你马上津津有味地吃起来,真是又甜又鲜。嘴唇与小手黏糊糊的,你伸出舌头舔舔小手舔舔嘴唇。旁边的小伙伴忍不住直咽口水,飞也似的跑回家中'偷'出家里的白术、洋芋、废铜废铁等可以换糖的东西。不过,那货郎倒也好,见你拿的东西多,怕是家里'偷'出来的,往往叫你少换点,以免被父母责骂。"——

《小货郎》

读着这样的文字，不禁让人会心一笑。多么熟悉的生活场景啊，在那个物质匮乏的年代，"鸡毛换糖"的故事，我们同样经历过，我甚至能透过文字，触摸到那湿漉漉的童年，那大冰糖的甜，曾经是世界上无与伦比的甜，倾其所有也在所不惜。小孩子的纯真任性，小货郎的理智宽厚，淳朴的民风一览无余。人物的塑造、细节的真实，非常吸引人，一下子让我们梦回故乡，沦陷在旧时光里，久久不能出来。

有时，他的散文流动着诗情画意，仿佛一幅徐徐展开的江南水墨画。在他生活和工作过的地方，那些熟悉得不能再熟悉的景物，他往往能发现与众不同的美，这些美，融化在他的文字中，便别有韵味，更见张力。

"嵊塘湾之美，环境幽雅，林木青葱自不必说，其美就美在其水，其水至清、至静、至蓝、甘甜！无论春、夏、秋、冬，其水至清，一尘不染，纯净如甘霖，清澈可见十来米之深；其水至静，浑然如玉，从无惊涛骇浪，从不赶潮争流，静置峰谷林间，独善其身；其水至蓝，天水一色，蔚蓝一片，蓝得纯净自然；其水甘甜，一饮便知，如琼浆玉液，酣畅淋漓！"——《嵊塘湾》

嵊塘湾在回山镇一个叫官塘山的地方，离作者的老家不远，听他说过几次，我也去过两次。第一次去，是因为我的一个杭州同学在官塘山搞了一个中药材基地；第二次去是诗人采风活动。这里的确是峰谷林间的一方净土，湖光山色、鸟鸣虫啾，沿路种植紫玫瑰、红花、板蓝根、紫苏等药材。路旁的山坡上是成片的茶园，绿油油的一片在阳光下招摇。远山青黛处，林木茂密，山林环抱中有一纯净的湖泊，叫埝塘湾水库。那碧绿的水，绿得能冒出妖精来，柔媚一笑，一颗心便深陷在这明眸之中了。我只记得它的绿，它的迷人，而作者思维发散，一年四季多有观察，细细品味它的至清、至静、至蓝、甘甜，一下子便使埝塘湾水库有了宽度和深度。读着这样的文字，让人宁静如水，心生喜悦。

透过文集观山看水，朴实的文字里频频出现自然悠远的意象，比如村庄、石桥、小溪、树木花草等。"无论村前屋后，田间地头，山脚下，公路边，那柿红便随处可见，只是让人感觉刚刚还是叶茂果青，一下子便果熟色红了，大约是这秋风催得紧，一急这果实便涨红了脸。"在他的文章《又见柿子红》里，情不自禁会被这样的描述陶醉。

文字是生命状态的另一种呈现，是一个人心灵深处蕴藏的内涵。游山玩水、看花赏景，吃饭喝酒、写字作画，都是生活的日常，善于从日常的生活中以文字来观照万物，在熙熙攘攘的尘世中，获取宁静的力量，寻找生活的意韵，这才是我们所需要的。陆春祥先生把"有文、有思、有趣"作为判断好散文的基本标准。的确，唯有好文字、有情怀的作品，才能真正打动读者。都说散文的门槛低，但是它的台阶高，需要写作者对生活和知识进行沉淀，并通过思想的过滤，不断完善，厚积薄发，不停地爬楼梯。相信俞杭委在散文之路上，孜孜前行，不断攀升，会继续创作出有新意、有深意、有暖意的作品。

是为序。

潘丽萍

2022年1月25日

目　录
CONTENTS

故乡的夏夜

离开故乡已有十几年了，而离故乡的童年已经有几十年了。故乡有着我深深的乡情，有着我无数的童年梦想，更有着我回味无穷的童年趣事。

童年的趣事说不尽道不完，但记忆最深、趣味最强的要数故乡的夏夜，这种感觉深深地珍藏在我心底，随时呼之欲出，恍如昨天刚刚发生的故事。

我的故乡在回山，是一个叫旧住的小村庄。故乡的夏夜如一杯醇酒，一想起它，我便会醉醺醺的，不由自主地陶醉其间。现在的生活与那时相比，虽然有了翻天覆地的变化，但再难找回那时轻松、和谐、淳朴、惬意的情调。

那是一种悠然自得的情调，是一种劳动之余最美好的享受，是现在夏夜空调房里所找不到的田园般的诗情画意。

故乡恰如一叶泛黄的小舟，又一次载着我漫游了它温暖的胸膛！

那是二十世纪七八十年代的事，我处于一个数着星星，幻想着月亮里飞下嫦娥、吴刚的梦幻季节。

家乡是一个偏远的小山村，村庄不大，有一百来户人家。村民们和睦相处，与世无争。全村以五个院子为主体，分别为大秧田、高台门、大晒场、李堂前、中央台门。院子里一般居住十来户人家。而新建的房子一般由七至九间的一字屋组成，大约有十二排。整个村基呈畚斗状，所建房子依地形梯田式层层递归。村庄四周群山环抱，绿树掩映苍翠一片。特别是左边那片竹林，一年四季翠竹摇浪，郁郁葱葱，那鲜嫩可口的竹笋也是四季不穷，现在想起还直咽口水。

家乡虽不是人间仙境，但山清水秀，花香鸟语；村民们的生活虽不富裕，但相处得温暖祥和。大家在空闲时喜欢相聚在一起，悠然自得地谈天说地，一片欢声笑语，不亦乐乎。

要说相聚，就说夏夜。

每到夏夜，稻花香时，听蛙声齐鸣，夏虫唧唧，流萤在空中闪烁飞舞。孩子们的天地也就丰富多彩，趣味横生。待到明月如镜，我们就光着脚丫穿着裤衩踩着月光"抓特务"、捉迷藏……穿梭在整个村中，嬉笑声、呼叫声响彻云霄。

约莫到了八点，劳累了一天的村民吃完晚餐，陆陆续续来到村中央李堂前的院子前面。那里，有一片宽阔的天井似的弹石空地，可容纳六七十人。男的、女的、老的、少的，他们赤着脚，有的就坐在石块上、台阶上；有的带着小凳、竹椅，带着各种扇子。老大爷、大伯、叔叔有的袒胸露腹，有的干脆穿一条裤衩。也有个别大妈耐不住汗水，坐在稍远一点的地方，偷偷地解开几颗纽扣凉快（那时女人是不戴胸罩的）。偶尔有人发现了也不声张，不过偷偷地交头接耳，"别有韵味"地笑谈。会抽烟的，带着各式烟杆，长的、短的各不相同。他们在烟斗里装上烟丝，悠闲自在地"吧嗒吧嗒"地抽起来，那烟斗里一闪一闪的火星如草莓一般鲜红，不时地发出"嗞嗞"的声响。

月光如洗，世界银亮一片，无比优美。

人越来越多，人们摇着扇子开始你一句我一句，七嘴八舌地扯起话题，随意地聊起来，竟然那么地默契。他们谈起天上的北斗星、天河里的牛郎织女，谈起关羽的义气、诸葛亮的聪明才智，谈起二十四节气与庄稼的收成，也谈论村民的辈分；谈桃色新闻，谈撞鬼的故事……

偶尔，有流星拖着尾巴划过苍穹，随即会有人惊呼一声："看，流星！"吸引着大家朝那里望去，但为时已晚。

不知什么时候，那些刚刚还在嬉笑叫闹的孩子，已经一声不响地坐在石块上、土地上，竖起耳朵，津津有味地听着大人们讲故事，时不时还插嘴问一句。此时，大人就会拦住孩子说：小孩不要懂罗事（指管闲事——大人们的事）。当听到鬼故事时，孩子们就会不由自主地向大人们靠过去，还会朝四周瞧瞧，看会不会发现什么古怪可疑的东西。

故事很精彩，特别是几位老大爷，虽说土生土长，没有读过书，却有着惊人的记忆力，而且说起来有板有眼，劲道十足，深深地吸引着周围的人们，俨然是说评书的老先生，似乎天南地北、古今中外无所不知，令人佩服。

明晃晃的月亮越升越高，稀朗的星星眨着眼；村边几棵古老的枫香树上偶尔传来几声猫头鹰的怪叫；远处田野里的青蛙依旧"呱呱"地欢唱着。人们沐浴着月光，开心地谈笑着。阵阵山风掠过，人们感到无比爽心与凉快。他们没有了疲劳，没有了烦恼。这晴朗的夏夜就是大自然赋予勤劳的人们养精蓄锐、放松自我的最美好的时刻！

多么温馨美丽的夏夜啊！我如一条小小的夏虫，无声地、不知不觉地爬进故事里，爬进故乡的梦里，幽幽地沉醉在其中，吞噬着故乡的童年趣事。

是啊，美好就来自于心境，心境的悠闲、安逸、宽容才是最美好的！最快乐的！最幸福的！

2007年7月30日

南京，故都光影里的烟雨春秋

我一直想去南京，想去找寻一些六朝古都遗留的碎片，可是一直没有时间，虽然有好几回路过南京，却总是擦肩而过。当然，去南京并不是太远，也不是机会太少，或许是自己一直没有定下心来的缘故。

此番去了南京，透过初冬赤条条的树枝看见了六朝古都的碎叶和一些历史的伤疤，竟然带回满怀的感慨。虽说南京越来越富裕繁荣，也越来越现代化，但毕竟曾经是皇家故都，无论是政治、经济、文化之意蕴，都非同一般，但其骨子里依然有着诸多根深蒂固的传统基因。

去南京的前一夜，我与一位当地的朋友联系，一是做一番行前了解；二是想顺道去拜望她。她在那头告诉我，南京最值得一游的是中山陵，她说不游中山陵等于没有来南京。当然，我也没有问原因，反正中山陵原本就在此次旅行计划之中。此外，我一直想去雨花台，因为雨花台是一个很诗意的名字，而且跟一种玲珑剔透的石头——雨花石有联系。结果从南京大屠杀纪念馆出来时，听导游说雨花台是旧时杀人的刑场，而且没有雨花石可捡，便有了几许伤感。那天，大家都没有要去的意思，我也只好就此作罢。

这次的行程不是很紧，我们13日到南京，就住宿在离中山陵不远的地方。第二天，我们八点半去中山陵。一路上导游把这六朝古都做了详细解剖，还着重讲解了明清时期的境况。原来南京从三国的东吴开始近四百年间，中间除了西晋，有六个朝代（东吴、东晋，南朝宋、齐、梁、陈）在南京建都，后人称南京为"六朝古都"；此后，南唐、明、太平天国、中华民国也曾建都于此，因此，历史上也称为"十朝都会"。至今有两千六百年的历史。南京城虽然历经历史风雨的洗礼，但毕竟久为帝都京城，自然物质丰富、文化灿烂。帝王的争战成败，将相的钩心斗角，以及历朝可歌可泣的才子佳人等留下了许多风流逸事。那么，这六朝古都也就蒙上了一层层七彩光环，神秘地绽放异彩，吸引着南来北往的客人。

初冬的迷雾淡淡地散布在紫金山的丛林中，法国梧桐那金黄色的叶子与雪松翠绿的松针相映祥和。阴沉沉的天空为中山陵更添几分肃穆。我们沿着三百九十二级台阶庄重地来到了孙中山先生的陵园墓室，庄严地瞻仰先生的石雕遗容。这位曾经为救国救民而呕心沥血的伟大的革命先驱，最终落在南京，实现了自己的遗愿。纵观紫金山左右扶抱，乾坤开阔，陵园的总体布局端庄、得体、大气，青松翠柏风景优雅，整座山仰立傲视，气势磅礴，大有引领万里江山的态势。站立在这高高的陵园墓前，展望气势恢宏的祖国大地，青山绿水，风景秀丽，更添无限魅力！

午后的阳光透过云层，当我们来到总统府高耸的大门前时，曾经富丽堂皇的府邸却不见光彩，失却了当年的雄姿威严。这座古老过时的皇家大院，庭院深深，穿过层层大门，给人更多的是声声叹息！想当年，太平天国举义旗，反清旗开得胜，却不能为国为民造福谋利，最终只落得自相残杀的下场。而当年老蒋虽有雄兵百万，却领导无力，治国无方，令军阀四起，弃百姓于水火之中而不顾，却落得被万民所弃，终被逐出大陆，梦断金陵，埋葬了蒋家王朝。

走进大屠杀纪念馆，却见阴森森、凄惨惨，再现了当年的血雨腥风。南京这座文化气息浓郁的古都，竟然成了日本鬼子惨无人道的屠场，成了葬送冤魂的墓穴。三十万无辜百姓被杀，令人悲愤填胸，气恨难平！

幸好还有诗情画意的秦淮河！游秦淮最好是夜游，这是导游说的，在她的眼中那里是一条热闹美丽的商业街。

最初知道秦淮河应该是在中学时代，在我的印象中秦淮河应该是一条宽阔、幽静、诗意，却苍白惨淡的河流。而最近在一篇文章里又一次看到了秦淮河，说它是一条诗意盎然、激发文学艺术的江南小河。所以，此次来到秦淮河好像很熟悉似的，很有一种亲切的感觉。可是一到秦淮河却根本没有了朱自清笔下的那种感觉，一下子颠覆了以前的印象。

这次来秦淮河虽说是特意而来，却没有那种特别强烈的游兴，竟如茶余饭后散步的感觉。那天将近晚饭时，有南京的朋友来看我，饭后就说去秦淮河赏夜景。朋友说我们下榻的地方到那里不过二十分钟，建议踱步过去，我欣然同意。

一阵穿街过巷，很快就见到了写有"秦淮胜境"的牌坊。是夜，阴云弥漫，自然没有了朱自清所说的素月依人的景象，唯见河边港口大红灯笼高高悬挂，夜景灯一派辉煌，把不甚宽阔的秦淮河装点得似幻似梦。原来这秦淮河不过我们新昌江最宽处一半的宽度，但也不觉拥挤。那徐徐游动的游船上霓虹灯闪闪烁烁，光影轻盈地撞击着粼粼碧波，也不知道那船的前身是不是"七板子"。虽然我们没有进入游船溯江畅游，去感受朱自清当年的游兴，但我想那游船中应该没有当年的歌伎，也不闻那哀怨的琴声。水依旧，但光景不同，时局已换。昔日亭台楼阁已经摇碎在这霓虹灯的光影里，而当年的秦淮女也随着旧时的水流去向遥远的地方。此时，若有琴弦绽放悠扬的旋律，定然会雅俗共赏，别有风味！

　　一路慢行，边走边赏，却见人潮如流。我们随波逐浪往夫子庙方向而去。夫子庙前是秦淮河最为热闹的地段。这里灯火通明，河边街道的商店繁忙一片，街道上熙熙攘攘挤满了游人。站立桥上向东而望，霓虹灯把河旁的建筑装点得犹如人间仙境，波光艳影，那种朦朦胧胧的感觉很是醉人，很多人在选景拍照，要把这浪漫迷人的夜色定格成永恒。夜景灯把天空熏染成紫红色，随着秦淮河不断伸向远方，那灯光也慢慢消失在夜幕之中。面对如此夜色，很容易让人联想到纸醉金迷的生活，我心中一片迷蒙，不清楚是秦淮河醉了游人还是游人醉了秦淮河！

　　南京这座古都，唯有秦淮河才能使人忘却所有的伤痛，秦淮河也因此更加迷人。我所看到的南京虽然是一座受伤的城，那些镌刻的伤疤久久抹之不去，但秦淮的夜、秦淮的水依然美妙，令人销魂，洗去了人们一天的紧张疲惫。这里不仅浓缩了南京人最美好的生活，也是人们向往美好的本心流露。

因此说，中山陵的肃穆，总统府的叹息，大屠杀纪念馆的悲愤，秦淮河的迷人与热闹，南京给人的印象是悲喜参半！这就是我眼中的南京。

此次南京行，捡到了一些古都遗留的丝丝线线，也隐约让我感受到了南京的伤痛之处，那些旧时的金粉世家随着时光渐渐风化褪色。

在返回新昌的晚上，我依然有些许慨叹。夜越来越深，我把我的慨叹组成文字。天气有些转冷，南京的朋友告诉我那边的雪下得很大！

2009年11月19日

白雪飘舞

　　冬天的旋律，已经奏响很久很久，而白雪的舞姿却迟迟不见踪影。

　　江南的人们早已急不可待，天空刚飘落几片雪花，赞扬白雪的文章已经漫天飞舞，而且比雪花更快更真实，比雪花的舞姿更形象更美丽。这只能怪这场久违的冬雪来得不及时，让人们如此期盼。

　　来了，终于来了，雪花漫天飞舞，带着一阵沙沙声款款而来，一改以前静夜悄悄降临的习惯。我想，此刻有许多姑娘小伙一定在欢呼雀跃和尖叫。

　　白雪飘过山林，飘过田野，飘过城市的上空。顷刻间，大地万物在静静地感受这纯洁的恩赐；感受这许久没有的轻灵；感受这冷静而温柔的抚慰。

　　世事的变迁也在不断地改变人们的心态与观念。就拿下雪的变化来说吧，就近来说，二十世纪八九十年代的时候，一旦入冬，大雪就会如期而至，而且冰天雪地，整月不化是习以为常的事。

而如今，偶尔下一场雪，不几日就会在人们的惋惜声中匆忙消融。如今我们及父辈对下雪逐年减少的现象感到奇怪。可是，或许在不久的将来，看到下雪就是一种奇怪的事情了。

其实这无非是自然现象的变化，可人们的心理却也随之潜移默化，随时代或者环境的演变而改变观念。

"北风那个吹，雪花那个飘，雪花那个飘飘年来到……"在旧社会，生活在饥寒交迫的年代，贫寒的人们害怕雪花飘飘的日子，雪花飘飘的日子无疑是一场灾难降临。

"今冬麦盖三层被，来年枕着馒头睡。"到了二十世纪七八十年代，人们温饱问题基本得到解决，已经无须害怕风刀霜剑的摧残。那么，人们需要这样的瑞雪为他们带来增产增收的喜悦，因此，天公作美，瑞雪飘飘，整月不化。

而到了今天，人们实现了小康生活，似乎就不再为是否"瑞雪兆丰年"而担忧了。而恰巧在这时，天公也变得怜惜起来，在江南一年之中难得见到几场像模像样的漫天大雪，雪也就成了装点江山的饰物，成了人们释放心情的宠物，变得弥足珍贵。

人们总喜欢新鲜，当一种生活过久了，你便觉得乏味，当生活进入衣食无忧的状态，便开始寻求享乐；在城市钢筋水泥的狭小天地中待久了，便开始到广阔的山村乡野去折腾。许多曾经为我们所熟视无睹的地方，或者当时觉得毫无用处的物品，如今却去寻求它，好像突然发现了它的价值或意义似的。其实倒也不奇怪，或许当时因为生活的压力或者其他原因使你忽略了它的存在以及价值，再或许是怀旧的情结激发了你。

在江南，眼看白雪渐行渐远，人们对白雪也就越来越留恋。

我想，假如有一天白雪终于离开了江南，那么江南的冬天是否还叫冬天；那么，一年四季算不算一个完整的四季。当然，假如白雪真的从这里消失了，那肯定是一种莫大的遗憾。

或许是想得太多，雪依然在不停地飞舞，世界一片洁白，所有的污垢都躲藏起来了。那些山川河流沉浸在雪花的呵护中，亲切地依偎在一起。

人们欣赏她的舞姿，欣赏她的轻盈，但更欣赏她一尘不染的纯洁！

雪是冬天的精灵，我相信她是不会走远的，但需要人们对自然更多的保护！

2008年1月17日

枫香林小曲

人的思想总是十分奇妙，对一些事物可以视而不见，可一旦对其产生一种感情，就如同着了魔一样，就会时不时地想念它，好像在心里生了根，除不去也挖不尽。

比如我对枫香树的钟爱，或者说那种特有的情怀。

那是一个初冬时分的傍晚，汽车路过下宅村龙山，在夕阳照射下，那片枫香林深红色的叶子一闪一闪，晚风轻吹，红叶摇曳，树荫婆娑，满枝红光，竟然灿若夏花，多么美妙与赏心悦目！

从此，每当路过此地，我便情不自禁地看看那片枫香林，即使在寂寞肃杀的冬天，看着那赤条条的枝条，遒劲有力，总觉得美不胜收。抑或是因为这些古老的树木，触动了我内心深处的琴弦。而此前，我从没有发现它有什么引人注目之处。或许，在那时我听到过有人对它的赞扬；或许，在不经意间忽视了它的美丽。所以，每一次从我眼前一闪而过，我都视若无睹。所以，只有你接受它的美，才会对它产生深厚的感情，仿佛内心深处一直沉睡的认知被突然唤醒！

那一次，我回乡下老家，特地去看望一位从小一起长大的老朋友。我们两人从他的家里出来，边走边聊，来到离他家不远的那棵巨大而古老的枫香树下。

　　盛夏的天气热辣辣的，他示意我坐在树荫下凉快。就这样两人坐在树荫下随意地谈论着各种事情，谈论村里的变化，谈论陈年往事，谈论童年故事。说着说着，我们说到村里的人和事。他说：按照现在这样的局势变化，再过二三十年，我们村子估计就不过二三十人了。这话一出，我感到十分愕然。他不无感慨地继续说："现在年轻人都到城里买房子，村子里留下的都是年老体弱的人，成了空心村。自从我们懂事起，村里少说也有一百来人过世了，再过二三十年，我们都是六七十岁的人了，你说是吗？"

　　听到此话，我沉默不语。真所谓时间如白驹过隙，想起父辈们都六七十岁了，人生旅程还能走多久呢！记忆中，自己刚刚还是个顽皮的孩子，发生的一切犹如在昨日，不觉间却已到了不惑之年。

　　抬头四望，那生我养我的小村庄，许多曾经热闹的院子，已经只留下断壁残垣。那个曾经充满童话与梦想的地方，竟然已经破旧古老、满目疮痍，见此情此景，心底不免泛起无限的沧桑荒凉，村庄仿佛一个风烛残年的老人，正在慢慢地走向尽头……突然，我觉得这个村庄变得陌生起来，好像根本不是我记忆中的模样。

　　凉风掠过，头顶传来一阵阵沙沙声，这不像是美妙的音乐，似乎是老枫香发出的一声声叹息。我看看它那苍老的躯干以及历经沧桑的面容，看看它那深深扎向泥土而暴露的硕大根茎，而在树的另一边，我看到老枫香历经风雨，已经耗尽自己的心血，变成了空心的身躯，多么像那勤劳一生而变得瘦弱的老人。顿时，心中涌起无限的感慨：父辈们有他们自己的理想与愿望，一直以来，他们不顾风雨，坚守着那份微薄的希望，默默地耕耘在贫瘠的土地上，任劳任怨，鞠躬尽瘁。

曾经，有多少童年梦想在这老枫香的树荫里延伸。我想起了几年前消失的另一棵巨大的、与它遥遥相望的老枫香，它们不也是我村的一对老村民吗？真是沧海桑田，世事变迁啊！

此时，我觉得这老枫香是多么宝贵、多么亲切啊！不知道还有多少村民可以在它的绿荫下乘凉！

自此，我对古老的枫香树有了一层更深更特殊的感情，它成了我生命中不可或缺的一员，如我的父老乡亲，每次相见，就会感慨万千！

又一个深秋的黄昏，我自回山往新昌而来，再一次途经下宅村，刚到村庄，就远远望见满树的红叶，在夕阳的照耀下竟然那样美丽！红光笼罩着整个龙山岗。我放慢车速，悄悄地沉浸在它那黄昏的绚丽之中，犹如进入一个古老神奇的童话中，而且听到了诗意的歌曲，听到了所有叶子"沙沙沙"地奏出一曲洋溢着赞美的抒情交响曲，那旋律悠扬热情，那是一首充满乡情的枫香林小曲，是一首赞美家乡和谐温馨的枫香林小曲，更是一首美妙诗意的枫香林黄昏曲，那么亲切！

2008年1月14日

白沙坑的桃花林

　　春天是一个色彩浓重的季节，点缀着浙东山水无处不在的美景，走过路过，随处可见青翠欲滴、花团锦簇的自然景观。而沙溪的三月自然也是山美水美，特别是满山的桃花，一山漫过一山，让人叹为观止！记忆中，印象最深的要数白沙坑的桃花林。

　　喜欢白沙坑，尤其喜欢她的宁静，喜欢那一湖宁静的水，在宁静中聆听天籁之音，默默地欣赏桃花。一眼望去，几十亩桃花布满山坡，一排排粉色尽染，不骄不媚，简直是一次桃花盛会，大有"桃源只在镜湖中，影落清波十里红"的气场。

　　走进桃园，随便哪一树都是那么迷人，一朵朵桃花缀满枝头，好像带着浅浅的笑在等待着你的到来。周边的杜鹃等各色鲜艳的山花也附和地绽放在嫩绿的丛林间，同时开放，虽各有千秋，却难敌桃花肆意的怒放。

　　记得第一次去白沙坑是刚调到沙溪镇工作不久时的第一次值班。

　　那是一个初夏的傍晚，吃了晚餐，时间尚早，由于初到该地，人生地不熟，颇有一种形单影只的感觉，就问起一起值班的同事，附近有什么好的去处或者景观，她就提议去白沙坑转转，说那里环境不错，我就欣然前往。

从单位去白沙坑不过两公里之遥，穿过单位前面的几幢楼房便来到山脚下，一座青石板小桥分开村庄与山野，沿一条清浅的溪流上行一段路，溪流与路便岔开了。再往上走是一条羊肠小道，一路歪歪斜斜沿山腰而上。路两边，青草依依，杂木丛生，隐隐开着一些不知名的山花，随着晚风不时飘过一阵阵的馨香。走完这段斜坡，豁然开朗，有一处小小的山谷，抬头便可见一个水库的大坝，再经过一段较为平坦的弯弯的田间小路就到坝脚。上堤坝必须得沿溢洪道再行一段上坡路，听着淙淙的水声，踏着一级一级的石阶上去，一湖清澈幽静的水深入山谷，这便是白沙坑水库，而这山这水便是传说中的白沙坑。

说是水库，其实更像一个小小的森林湖泊，虽说离村不远，却有一种远离尘世的感觉，俨然一处世外桃源。站立堤坝，只见四面层峦叠嶂，那碧绿的湖水伸向山间，如一条翡翠玉带缠绕在山腰，水面一片平静，山与水浑然一体。湖的左面靠堤坝的那边，是一片桃树林，郁郁葱葱的枝叶间挂满了荔枝大小的毛茸茸的青果。

那山那水那树林，俨然一天然森林公园。晚风轻吹，凉丝丝地拂过脸颊，蔚蓝蔚蓝的天空下，青的草，绿的树。微风一吹，那碧波便轻轻荡漾开来，慢慢地揉碎了映入水中的山的棱角。鸟儿安逸地鸣叫，毫不顾及我们的存在。人美美地徜徉在幽静、自然的环境中，是那样轻松惬意！

第二次去白沙坑是去年初冬的一个中午，山依旧，水依旧，景观却大不相同。那山林的翠绿被秋风冬霜染成五彩斑斓，平添几许华贵。昔日的依依青草，渐次枯黄。桃林的枝条不见昔日翠碧，光秃秃的枝条上徒留些许伤感。其实伤感倒也不必，那桃树，进入深秋，就开始落叶，据说那是为了更好地储存养分，为了来年的盛放。那次我和同事们一行九人，陶醉在大自然的怀抱里，大家尽情地玩乐，嬉笑声响彻山谷，清脆似天籁之音，一个个童心再现，好不开心。在湖堤上、桃林间、水边，老唐还专门为大家拍下许多相片。美中不足的是眼前的那片桃树林"生息全无"。不知道谁说了一句：等到明年桃花开时来赏桃花。

　　转眼又到桃花盛开时。昨天，偶然想起去年的那句话，就于中午去白沙坑欣赏桃花。

　　一路上，我边走边欣赏。那些花啊草啊早就耐不住寂寞，几天前还是一片荒凉的山野，不知道什么时候挤满了红花绿叶，不由人回味起韩愈那"最是一年春好处，绝胜烟柳满皇都"的诗句。刚爬上那山坡，便遥见那湖边的山坡上一整片的粉红，我料定桃花已经盛开，不觉满心欢喜。我疾步登上堤坝，顾不上那山那水，便攀上那片桃树林，那粉红的花瓣，包裹着嫩黄的花蕊，一朵朵小花安详地开放着，像一张张笑脸遍布了整个山坡。那些赶早的花朵，花瓣已经脱落，孕育着一枚枚毛茸茸黄豆大小的青果，惹人喜爱。再仔细瞧瞧，不难发现枝条间隐隐吐出嫩绿的芽儿，浅浅地点缀着这花朵和树枝。

　　"去年今日此门中，人面桃花相映红。人面不知何处去，桃花依旧笑春风。"当年，崔护在清明节到长安城外郊游，感慨人面桃花，情趣横生，令其难以忘怀，乃至隔年再度赏花，不想人面已去，空留桃花笑春风，遂题诗怀想，却成千古绝唱。

我一边赏花，一边想象崔护当年的故事。一只小蜜蜂在花枝间轻盈地飞舞，一会儿停歇在花朵间吮吸着花蜜，从这朵到那朵，不停地忙碌着；一会儿停下来用粉黄的后腿理理那薄薄的翅翼，又用嘴舔舔前脚，多么可爱的小精灵。

回头看看，那边是青山绿水，蓝天白云；这边是层林尽染，粉红一片。阳光下，青山桃林映在平静的水面上，宛如一幅水中春山桃花图，美不胜收。

轻轻攀过一枝桃花，小心地，像注视一个熟睡的婴儿，却见她，绽放而不张扬、不矫情，美丽而不艳丽。我默默地想，一棵桃树不过短短的十多年，但这短短的生命中，却一直遵循自然的法则，进退自如。即便身处严寒中，在那赤条条的没有生命体征的光景下，也没有放弃，那寒冬的沉默只为逆境中的生存，以退为进，蓄势待发。开花，结果，养精蓄锐……直到生命的尽头。多么朴实高贵啊，她静静地绽放，不争春、不炫耀，只为明天丰硕的果实。

崔护赏花，感慨"人面桃花相映红"。而今，我更赞赏她的春华秋实，欣赏她在平平淡淡的一生中，简单低调，以自己特有的方式展示生命的魅力，绽放出一片美丽的天地！

2012年4月6日

从"风雨廊桥"到"三泾古王道"

    巧英乡是新昌县东部山区乡镇之一，处在天台山脉、四明山脉的交会处，一年四季风景如画，美不胜收。自县城至巧英有四五十公里。一路行来山重水复，百转千回，风光无限，别有一番山水情韵。

    一直以为，巧英是地处山势险峻的僻壤之地，到了巧英，蒙蒙大山却给人耳目一新的感觉。那里绿树成荫，空气清新，自然风光十分秀丽，如同一部古典优雅却不失清新亮丽的书，丰富耐读，使人回味无穷。特别是"巧英十景"，自然质朴，犹如淡雅幽香的兰花，让人自然而然产生喜爱之情。

    从"风雨廊桥"到"三泾古王道"，这一路是"巧英十景"中最有内涵、最有韵味的地段，是一条积淀了深厚历史意蕴的寻古之路。我踏着这条路上去，感悟一个个古老动人的故事。

    "风雨廊桥"自清代建立，虽历经风雨沧桑，一再修复，但保存完好，是新昌绝无仅有的一处古建廊桥。每到此地，就让人产生一种寻梦忆旧的情绪。而"三泾古王道"则是一条承载厚重历史渊源的古驿道。从“风雨廊桥”一路而来，沿途的“真君古殿”“王坟山”“盐帮古道”“五灵仙境”等便都迂回于这秀色可餐的山水之间，其间的“真君古殿”自不必说，此殿四周有金、水、火、土之形，三幢殿宇，气势恢宏，特别是戏台的鸡笼顶，结构别具一格，殿宇楼阁精雕细琢，其独特的建筑风格别出心裁，令人叹为观止。主殿供祀的是大宋抗金名将宗泽将军。至于其他的几处如“望海观日”“千亩榧林”“雪溪问茶”“双龙戏潭”“万顷竹海”，那是有得让人玩味了。特别是“万顷竹海”，山头一个连着一个，无边无际，其乐其味也便无穷无尽了。

这十景中，无论是“雪溪问茶”，还是“望海观日”，还是“千亩榧林”都有其独到之处，在此就不一一细说了，但“风雨廊桥”和“三泾古王道”是不得不说的。

据记载，上三坑的“风雨廊桥”，风格别致，承宋《清明上河图》所画桥梁遗风。廊桥，因桥有廊故名，有廊可避风雨，又称风雨桥，俗称桥棚、桥廊，是新昌县境内唯一的一座廊桥建筑，著名桥梁专家唐寰澄教授将此桥编入《中国科学技术史》（桥梁卷）。1999年，风雨桥被列为县级文物保护单位。

一处依山傍水的古村落，一座横跨溪涧的廊桥，一些别具一格的古建筑，展现出了时代的精神风貌以及人民群众的智慧，这不仅是一种文化的传承，更是历史的真实写照。但对于文人墨客来说，那就另当别论了，一座廊桥更多的是触动了他们的无限遐思，激起创作灵感，他们生花妙笔一挥，便勾勒出许多酣畅淋漓的故事。于是，这廊桥就有了无限的意蕴，不仅充满诗意，而且成了他们的一种精神归宿。他们借此尽情地宣泄内心的思绪、感慨，硬是把一座廊桥写得活灵活现，充满灵性和浪漫，仿佛这座廊桥承载了他们的前尘往事！

假如说风雨廊桥是一处充满浪漫的诗情小桥，那么"三泾古王道"则是一条由王权贵族缔造的大爱无疆却不失山水画意的古驿道。

有人把"三泾古王道"归纳为"浓妆淡墨山水卷"，说它是一条隐藏在山林间的极佳古道。其描述说："原莒根象鼻头的溪水迂回处（今巧英水库尾端），有一座峰峦锯齿的青山，叫'王坟山'，山下有一处古墓遗址，即徐偃王之墓，民间称之为'王坟'。巧英乡有三条代表性的溪流，即雪溪的雪水、细心坑流入莒根的细水和三坑三溪汇合的泾水。于是，就有了一个充满文化气息和历史底蕴的名字'三泾古王道'。经过重新修复后，'三泾古王道'于2011年正式开通。'三泾古王道'从洋坞坑口至宁海第一尖，全长十五公里。沿途竹径优雅，景点众多，亮丽如画，野趣横生，一路上可观赏石钵岩、螺蛳潭、黄龙谷、落霞滩，还可远眺松涛古林，游戏竹海清泉、竹里茅舍、望海竹径等。"这样的描述，古驿道就感性地呈现在你的面前了。走古道，赏山水，踩在软绵绵的青苔与落叶铺成的林荫路上，闻着青草与泥土散发的气息，穿越时空，人就走进了另一个历史时空里。

说起"三泾古王道"，应该追溯到周朝徐偃王的故事中，了解了这个典故，你就会明白这里的人文积淀，就会对徐偃王肃然起敬。据历代《新昌县志》载："徐偃王系周朝东夷诸小国中一国君，修仁行义，率土归心，故三十六国皆朝于徐，后因周穆王西巡，国事日非，偃王举兵北上，穆王告楚兴兵伐徐，偃王见乱世害民，遂率部南下，遁迹于此，现存偃王之墓遗迹。其后裔之一支分布莒根等地达一万余人。现新昌、宁海、天台、奉化及四明山周围的徐氏后人皆奉偃王为共祖。"为避开战乱而宁愿放弃江山，有史以来又有几人？在感悟了徐偃王热爱和平、爱民如子的王者风范后，你就真正领略到游走"三泾古王道"的重要意义了。

从"风雨廊桥"到"三泾古王道"，"巧英十景"组成了具有象征性的旅游景点。按类而分，分别为历史遗迹、人文典故、自然山水以及现代特色农业产业，表明了巧英是一方历史悠久、人文荟萃、风光秀丽、景色怡人的宜居宜游之地，也展示了巧英人民的勤劳和智慧。

无论巧英的山水人文，还是巧英的地貌、特色风味，都足以让游客由衷地赞赏！记得一位来巧英采风的诗人说：原以为巧英是一个小姑娘的名字，却不想这个隐逸于山区中的地方就如同一个青春靓丽的少女，那么迷人，特别是巧英水库，无论从哪个方位观赏，都有着不同的美妙。站在偃王亭，面对蓝天白云，面对群山环抱的水库，令人那么释然，那么心旷神怡，简直是进入梦幻世界，太让人陶醉了！

是啊，巧英作为新昌东部山区之一，青山绿水，风光旖旎，她似一位灵秀温婉而韵味十足的丽人，承古纳新，以万般风情诠释着这块土地上山水与人文的交融，充盈着典型的江南诗情画意之美。立于高山之巅，千山万壑，气势磅礴。而那些村村落落，青山环抱，处处小桥流水。一年四季，云里雾里，花香鸟语自不必说。每到春暖花开，沿一路崎岖的山间小道而来，虽然没有奇峰罗列、怪石嶙峋的景观，但两旁绿树成荫，一路上百花怒放，紫藤花挂满藤架，映山红满山闹哄，花团锦簇，有着赏不尽的山水风光，而且总能给人一种"山重水复疑无路，柳暗花明又一村"的惊喜。特别是在经过巧英水库环库路时，车子穿行在竹影婆娑的公路上，那一湖翠绿的水在竹林中若隐若现、波光粼粼，摇碎了青山的倒影，这是多么曼妙的感觉啊！

休闲度假，离不开人文山水的调和，但更为重要的是要让游客有一种找对地方走对路的感觉，有一种放松与释然，有一种发自内心的归属感，这种感觉就是一种返璞归真、回归自然的感觉，而巧英就是这样一处上善之地。因为，这里山水竞秀，阳光饱满，空气新鲜，特别适合久居喧嚣城市的居民，他们是多么需要阳光的照耀和新鲜的空气，需要大自然的拥抱。但凡到过此地的人都会这么说：这里，不仅天蓝水清，环境优美，可以尽情地吮吸到青草与泥土的芬芳，而且民风淳朴，钟灵毓秀，人杰地灵，有一种回到家里的亲切感觉！

2014年8月2日

来烟山，烟涛微茫或可遇

　　烟山之烟惊世骇俗，烟山之山高耸入云。假如你来烟山，或可偶遇一场云海！

　　烟山与天相连，一年四季云霞明灭，那山水书写的诗句也就随着烟云渲染而出，若隐若现，妙不可言！于是有了七彩烟山之美称（古称彩烟山）。因其四面群山围绕，所以人们也直观地称其为回山。

　　其距新昌县城四十余公里，一个小时的车程。一路向南，依山而上，群山环绕，千岩万转，迷花倚石，辗转四百多个山山弯弯，直叫你千回百转。虽未闻熊咆龙吟，却可感"栗深林兮惊层巅""扶摇直上九万里"。总有一种"山重水复疑无路，柳暗花明又一村"的意境。依山而上直达云天，豁然开朗处，那便是烟山！

　　虽说这一路行来百转千回，盘桓逶迤如登云天。而到得山巅谁也不曾想，上面却较为平缓坦荡。山是山，地是地，层层梯田落山弯。当然亦有许多山地宛若丘陵，大多是种了茶叶的，依山傍弯，那线条柔和无比，翠绿一片，美不胜收。倘若把群山比作海洋，那么这块新昌最大的台地如同一艘停靠在港湾里的航空母舰。任凭风吹浪打，却自巍然屹立！

既然这里名为烟山，那么自然是以烟岚云岫为美！我等生于斯长于斯，一年四季常有云岫做伴，见惯了烟霞缭绕。虽不能呼风唤雨，但确是云里来雾里去，来来去去腾云驾雾，也可称得上半个神仙了。

观云赏雾，最好是上得山去，登到高处。因为，烟霞浓时，举头仰望，只见黑压压一片，虽然也能感觉如梦似幻，但是满眼的朦朦胧胧，混沌一片。只有在高处，才能看得出烟霞的魅力！倘若遇见云海，那气场就不一样了。当然，春夏秋冬也是别有韵味，各有千秋！

一般来说，最美是夏、秋两季的烟岚。每到春末夏初草长莺飞时节，青山绿水焕然一新。那时节，只要一声惊雷，便是"云青青兮欲雨"，山雨说到就到，速来速去。时雨一过山气蒸腾，那些烟霞便生气勃勃地从山弯间窜出来，招惹着微风，自由自在地到处乱跑，一忽儿浓雾一片，一忽儿丝丝缕缕……群山便在雾岚中忽隐忽现，轻盈飘忽。速度之快可谓来无影去无踪，让人目不暇接，止不住对这些大山的精灵赞不绝口！

在故乡，虽说观云赏雾是平常的事，但要碰上一场惊世骇俗的云海也是极其难得的。在我的记忆中，最壮观的是一次夏秋之际的云海，那时的云海让人叹为观止。

那一年，在一个天刚露出鱼白肚的清晨，我登上家乡村边的一座小山顶，无意间碰上了一场堪称奇观的云海。眼前是白茫茫的一片云海，渺渺茫茫无边无际，乡村与大地都不见了，云海不断地翻腾，如万马奔腾，变幻莫测，那场景简直惊天地泣鬼神，无可比拟。红彤彤的太阳慢慢地从海上探出来，东方一片霞光，雾海便是棉团一样白皑皑的，却又似海浪翻滚起起伏伏，云头翻飞，宛如群仙起舞。各种状态的美，千变万化，妙不可言，那场景俨然"霓为衣兮风为马，云之君兮纷纷而来下"。云海深深，曙光下诚如李白诗中的"青冥浩荡不见底，日月照耀金银台"。那情那景直教人"忽魂悸以魄动，恍惊起而长嗟"。

仿佛时空已然凝固，太阳在不知不觉中越升越高，照射着云海，云海便慢慢地由浓转淡，渐渐地变成了薄纱似的，那山那水那村庄便隐约可见，渐次露出真容，淡淡的薄雾依然徜徉着，炊烟袅袅升起在山村的上空。那场云海足足演绎了两个小时，我如痴如醉地沉浸其间，恍惚中，"惟觉时之枕席，失向来之烟霞"。此情此景，虽时隔几十年，但记忆犹新，每当想起，宛如昨日。可惜当时没有留下照片或视频，粗浅的文字不能完美地描绘当时唯美的情景！

"寒风呼啸三万里，我自云中仰天笑"。最具气场的是冬天里的场景！

风起云涌雪花漫舞，天地难分，云雾裹着雪花漫山遍野地肆虐，在天昏地暗里曼妙！当然这是下雪的情景。其实，冬天里也有云海，朋友就发过我几张图片。冬天的云海，没有春夏之际的活跃，如果没有太阳，温度不变的话，它就静如止水，或许整整半天隐逸在山坳之间，宛若一幅图画！

烟山的烟是山中的精灵，烟山的山是蕴藏烟霞的地方。于是那些烟霞便缠缠绵绵地缔造出一处处无可比拟的人间仙境！

假如，当时李白在烟山见到浩荡壮丽的场景，肯定能留下一篇流芳百世的唯美诗篇！当然，或许李白会把《梦游天姥吟留别》改成《梦游烟山吟留别》，那诗句也就成了："海客谈瀛洲，烟涛微茫君可求。越人语烟山，云霞明灭常可睹。"

2016年4月5日

梦中青莲

"毕竟西湖六月中,风光不与四时同。接天莲叶无穷碧,映日荷花别样红。"杨万里的一首《晓出净慈寺送林子方》让我走进了西湖夏天的景色。他用寥寥几笔勾勒出西子六月莲叶接天、荷花映日的动人图画,使我们从远处触及了荷花令人倾心的美丽形象,触及了梦的边缘。

凡是美好的事物我都欣赏,这样的说法我以为并不过分,或许这是人性的自然流露。

然而,对于荷花我不仅仅是欣赏,而是一种由衷的倾心,是情有独钟,几乎到了溺爱的地步,总感觉荷花有着无可比拟的美丽,诚如苏东坡对西湖的赞赏:"欲把西湖比西子,淡妆浓抹总相宜。"荷花的美丽一尘不染,即使有着些许瑕疵,也是无可指责的。

当然,我不仅仅爱她清秀脱俗的美丽,也不仅仅因为她"出淤泥而不染,濯清涟而不妖"的高贵,更是因为她是一种灵秀而有生命力的花。

假如说西湖如一位美女，那么，荷花就是西湖的灵魂。

她已植根于我的心湖深处，那朵莲花在那里不断地吐露芬芳。她就是我的梦，是我的希望。总能感觉她与我是那么亲近，她似乎有着一种神奇的力量在激励着我，使我奋发向上。

其实，世间万物皆有情。

当你以一片诚心去呵护一种所爱，你便赋予了她生命，即使是一块石头，也不例外。而在你赋予她生命的同时，她也同样滋润着你的生命。因为，她的兴衰直接左右着你的情绪。对于她的绽放，你会喜乐于怀；对于她的枯败，你将叹息哀伤。

六月的太阳是灼热的，六月的温度是疯狂的，六月的西湖也是美丽诱人的。那里有着一个从梅家坞延伸过来的梦。无论是四面苍翠的青山，还是碧波荡漾的湖水，都给人一种醉醺醺的朦胧的释怀。

这似幻似梦的美丽境界，来自美丽温和的凤凰山，来自西湖千百年来的修为与底蕴，更来自这骄阳似火的六月。是这似火的骄阳点燃了西湖，使这青莲焕发了青春。她把慧根伸进了最具灵性的水里，有了这田田莲叶的无穷碧绿，有了这亭亭玉立的佳人，有了这粉红嫩白的魅力。那带笑含羞的点点粉红凝视着游人的目光，使这西子的心难以平静，碧绿的湖水一直在悠悠地荡漾，轻盈地摇晃着游船，摇晃着游人的心旌。那一岸柳树也有了丝丝忧思，他们默默地守望，就是为了与荷花能有默契的相处。

狂热的风在轻轻地摇曳着青莲平静的姿态，她以一双慧眼欣赏着遥望的心，默默地接受着你的怜香惜玉。

然而，她的高雅是不可侵犯的，她的心思你是无法猜测的。

你欣赏她，钟情她，唯有用一颗赤子之心，真诚、悠远地拥在心间！你欣赏她，唯有努力向上，滋养好你的修为。

你的思想有多深邃，你的心态就有多安逸。谁也不敢轻狂放浪，只有敛神息气，达到那种高深的境界。然而，再去回味那份曾经的拥有、那份执着，你就会感受到甘泉一样清冽与甜蜜。

夜是美丽的，是梦最为旺盛的季节，而我便是梦的放歌者。

是谁在夜的清幽里，驾一叶小舟，在蒙蒙的月色中，满载一船星辉。舟中的一架古筝，流淌着悠悠的旋律。碧波中荡漾的小舟，在莲花丛中缓缓穿行。是谁在与脉脉含笑的荷花心神相会，在月色中交融，相拥相视，翩翩轻舞于湖面，慢慢地把自己从凡胎肉身中脱离出来。

一道古乐如幽幽的月色倾泻，犹如断藕的情丝缠缠绵绵……

2007年7月14日

坡上桐花开

　　总有一些往事偶然想起，总有一些事物可以触景生情。许多时候，一景、一物，或者一人，可以让人回忆起无数的往事。

　　比如前些天，上班途中，在接近小将下联的一处路边，我偶尔发现一些树上，花枝满树，白茫茫一片，隐约觉得好像是桐树花开。今天下班途中，我决意搞清楚那些花，在接近那段路时，就刻意观察起那些花来。远远望去，雪白一片，满树皆花，我不禁心头一喜，加快车速开到那片花的附近。

　　车子沿路而停，一眼望去便认出来，那就是我曾经熟悉的桐花！七八棵五六米高的桐树上，一朵朵小小的桐花，挨挨挤挤，被心形的绿叶托起，每朵花紫白相间，绽放在雨后的春天里，清新亮丽，格外醒目，一些回忆不由地被勾起。

　　记得那时，在老家村庄附近的山上随处可见桐树。每当季春，桐树花开，满山雪白，幽香满溢。小伙伴们就去折取花枝玩乐。到了深秋桐子果熟，我们便爬到树上撷取果实，剥去外壳，取出里边的坚果，用石块捣出汁水，意为打桐油。当然，这不过是小孩听了大人说可以打桐油，好奇而为之，却并不知道何为桐油。听说桐油浸润过的麻绳特别牢固；还听说古时人们打仗用桐油泼地以阻止敌人前进。

其实，桐油的用处还真不少，如曾经人们用桐油点灯。不过从我们懂事起，点灯已经改用煤油了。总之，知道桐油用处不少，却从没有留意桐树花究竟好看不好看。当然，那时一个小孩能懂什么。

再者，这花开得质朴无华，随处可见，不足为奇！而且，桐花也没有列入花谱，自然无人关心。

当然，桐花有许多你所不知道的内涵。

"穷人莫听富人哄，桐子开花就下种"。记得有这样一句民谚，意思是桐树花开人们便开始春耕播种了。《周书》的记载奠定了桐花"清明之花"的地位。宋朝吕原明《岁时杂记》总结了相沿已久的"二十四番花信风"之说："清明：一候桐花，二候麦花，三候柳花。"桐花是清明之标志。由此，有经验的老农以桐花为自然时序的物候标记。

桐树花开，已然春末，三春之景到清明便绚烂至极致，奈何盈虚有数、由盛转衰，百花凋零，也难怪白居易诗曰："人间四月芳菲尽。"而恰恰此时此节，桐树花却开始怒放，接替了百花尽褪的时令，因此成为两种悖反意趣的承载。

桐花更有许多不为人知的感人至深的故事！

相传，当年有位仙女受王母谕旨下凡撒花装扮人间，却迷恋上了痴情桐郎，王母为斩断相思而怒杀桐郎，仙女悲痛欲绝，桐郎变成离枝落花，飞落仙女身边。仙女誓死不归，今生缘，来世再续，仙女在树上以死相见。次年春暖花开，却遭风神寒风阻挡，可桐树毫不畏寒，桐花含苞欲放，独傲春寒。

更为有趣的是，桐花雌雄同树不同花，但它们却相濡以沫，心心相印，雄花为了把养分留给雌花，在它最美丽的时候，早早整朵坠落树下，只为把养分留给雌花孕育后代。落红不是无情物，化作春泥更护花。

以花喻爱，桐花便是迟到的爱，当春天山花烂漫时，桐花仍含苞未放，直到四月才迟迟开放，而在它最美时，雄花从容优雅地整朵落下，不为自己求享乐，但愿众生皆离苦。微风拂过，白色花雨纷纷扬扬撒下凡尘，造就五月雪的奇迹，点缀了这淳朴的大地。据说，在桐花雨里相遇的男女，就可以得到桐花雨的祝福，恩恩爱爱，永不分开！

许多年未遇桐花，而此时，我偶然看见了这几近忘却的桐树花，却发觉这小小的花朵竟然那么迷人！

走到桐花树下，抬头仰望，那些花朵高高地布满枝头，在绿叶间相拥相扶，清新可人，风轻轻一吹，幽香扑鼻而来。它们全然不顾我的到来，依然自顾开放，悠然自得，如同一张张秀气的笑脸。透过花丛，隐隐约约的蓝天如同那花的背景，点缀得美丽极致。风一吹，花落有声，索索而下。阳光穿过树梢，斑驳的光影里，树下的落英依然那么鲜活，那么灿烂！

就这么平平淡淡，它们那么知足，没有人为地刻意打理，安静地处在山坡，扎根泥土，吮风吸露，只一阵春风，一场春雨，那些花便无声无息地尽情绽放起来，不骄纵，不张扬，就只为春天而开放！

"桐花万里丹山路"，李商隐的诗句气势浩荡，让人浮想联翩，可桐花不会因为花开万里而改变品性。真所谓质本洁来还洁去，平平淡淡才是真。人生就这么简单，许多时候，在这简简单单的人生中，不仅可以默默奉献，发挥许多不为人知的作用和力量，还可以意蕴感人至深的动人故事。

　　暮春的树林静静的，那么安逸，迎着微风，我好似回到了从前的家乡，深深地吸一口清新幽香的空气，竟然那么舒畅！

2017年4月15日

烟山问茶

　　都说国人好饮，以茶为好，于是茶便遍布大江南北，并有了源远流长的茶文化，有了许多关于茶的故事，而在我的家乡更有一张金名片——大佛龙井茶。当你轻轻打开这张名片，茶的清香就慢慢溢出来。

　　翻开三千多年茶的历史，那些故事便开始流淌，渗透着浓郁的茶香，令人陶醉。

　　所谓"烟山"，系今日回山之美称，相传回山（乃新昌最大的台地）因四围皆山而古称围山，历代相称演化成"回山"两字。此地每当夏秋早晨，山谷中层云迭出，经朝阳照射，状如彩烟，故又俗称"烟山"。

　　步入烟山腹地，随处可见成片成片青翠欲滴的茶园，把这块一百多平方公里的台地变成了茶的"绿洲"，灵山秀水织就一幅泼墨浓重的山水画卷，将尘世的喧哗与人心的浮躁都挡在了山的外面。

　　早春的烟山人已经闲不住，但见这山、这水、这人，一路风光一路茶，满山的男女老少与自然高度地统一成一支采茶舞曲；轰鸣的炒茶声响彻村庄，如一曲曲欢快的歌谣，演奏着清香的茶的旋律！

此时此节，你随便到哪个村落，几乎家家户户都可以看到那些忙碌着炒茶的茶农。他们穿着朴素，脸膛黝黑，在不时地比较着新茶的色泽、形状等。你不看不打紧，一看包你眼睛发亮，只见那茶碧如翠，莹如玉，光滑通透。这哪里是树叶制成的一芽，分明是一粒粒碧玉雕琢成的玲珑精致的珍宝！

斟一杯新茶，热气氤氲。一叶新芽慢慢舒展，宛如玉女临水，恬静，优美！

请不要急于品茶，且听茶农讲解茶经。春、夏、秋茶；如何管理茶园，如何采茶，如何炒制，如何卖茶；从茶的色泽到扁平度到如何闻香识味；从原先的手工炒制到机器的一代代更新……那艰辛的历程中闪烁着收获的喜悦，说上三天三夜都说不完。听完这些，你才会明白烟山人为何会把茶的世界演绎得如此淋漓尽致，把平凡的一叶制作得如此经典绝妙！

一流的茗茶，离不开烟山人的纯朴、勤劳。自从他们的祖先走进这片灵山秀水，吃苦耐劳的精神注定了今天茶的完美。想当年，由于这里地处偏僻，交通落后，烟山人一直过着平淡清苦的日子。二十世纪八十年代末，西湖龙井茶的兴起，牵动了烟山人的心，一夜之间，平均海拔六百多米的山上升起一个美丽的梦。他们尝试着打造一条闪光的名茶之路，一天，两天，一年，两年，十数年后终于迎来了阳光。一流的功夫，一流的茗茶，成了"大佛龙井"的主流，并走向全国各地，走向全世界！

这是因为烟山人把所有的爱和希望都揉进了茶叶里，以茶叶的完美去追求更高、更远的希望！你可能一时不会明白这句话的内涵，只有当你深入他们之间，去解读他们的思想与生活，你才会彻底明白。那是因为烟山人有一种代代相传的"耕读传家"的烟山精神，沿袭成"父耕子读"的良好民风，如一条清澈的水流在烟山大地上静静地流淌！

他们用勤劳的双手，努力积累财富，然后，用它来培养下一代。有多少优秀的儿女，在父母含辛茹苦的培育下茁壮成才，并被送到山外，送到需要人才的地方，去山外更广阔的世界，为社会做出更多更大的贡献！

"春蚕到死丝方尽"，父母自己却艰苦朴素，为子女们的美好明天兢兢业业，省吃俭用，不辞辛劳，用一生的忘我劳动来帮助子女实现最美好的愿望，多么伟大的精神啊！

平凡普通的烟山人总是脚踏实地，做出了令人吃惊的业绩，在诸多领域他们独占鳌头，如最先自主研发出炒制茶叶的机器等，太多太多的骄傲！

在新昌，烟山人的美名尽人皆知，一提起烟山人，人家总是跷起拇指夸奖一番！

可是，有多少人知道在这些成就背后的辛酸啊！想当年，为了打造这张茶的经典名片，他们日采夜炒，彻夜不眠。

这些纯朴的茶农，愿与时间较真，不惜慢慢老去，用生命去换取心中的所爱与理想！就这样，他们以对生活的挚爱，把普普通通的人生编织成最美丽的光环。把这精致的一叶，默默地送到山外的世界。请问，还有比这更经典的茶经吗？

这世界出奇的静，人的思维如立于高山之巅，面对无限广阔的空间，做一次深深的呼吸。

此刻，请品一口清茶，甘美的茶水直入人的灵魂深处，多么温馨啊！清泉泡茗茶，馨香醇厚，让人荡气回肠，久久难以平静。这第二口，让人品出了人生最深厚的蕴意，那是烟山人的手掌里养着的一潭最宁静的净水所冲泡的茗茶，让人静心敛气，你能够品尝到比这更美的茗茶吗？这第三口，平平淡淡里渗出清、香、美的茶水！这才算得上人生的最高境界，这才是一流的茶的经典！

是啊，纯朴勤劳的烟山人，甘愿于寂寞与宁静之中，用对生活的专注，对生命的热爱，凝练成茶的精华，以茶的另一种姿态展示出生命的无限魅力，如一泓永不枯竭的清泉，生生不息地传承着"耕读传家"的烟山精神。

烟山大地处处洋溢着诗情画意，淡淡的烟雾发出若有若无的抒情乐章，凌空高架的上三高速依偎着烟山的山腰，这条新时代的"茶马古道"穿越一座座青山，将烟山这张充盈美梦与希望的美丽名片伸向山外更远的地方！

2011年9月29日

蟠龙山居

认识袁先生是从网络开始的，那时，三十六湾论坛创建不久，闻名溜进湾里溜达并注册。偶尔也自得其乐地在那里发点小文字，参加一些湾里的活动，几次交谈后，便认识并熟悉了袁先生。袁先生为人很有个性，见解独到，谈文论字很认真、严肃。

后来，据说袁先生在老家蟠龙山，把一处祖居简略地修缮后种瓜栽豆，养花弄草，还挂了一块牌子"蟠龙山居"，在那里过起陶渊明式的隐居生活，颇具隐士遗风。"蟠龙山居"，这四个字听起来很具魅力，于是，一直想去那里看看，顺便也想体验一下隐士生活。

在我的想象中，"蟠龙山居"应该是一处环境幽雅、充满诗情画意的地方，不同于一般的山庄村舍。我听说常有文人雅士三五成群前去那里造访，或吟诗作赋，或挥毫作画，文化气息十分浓厚。据说前去造访的不仅有文人，也有本地或者附近县市的一些达官贵人。那时，我曾想隐士与达官贵人是搭不上边的，或许也是一些颇有学问的文官儒商，再或许就是袁先生的故交旧友吧，这样一想也就不足为怪了。

去年五月上旬，朋友电话邀请我一起去"蟠龙山居"，还说蔡老师也从嵊州过来，我便欣然答应。

那时正值初夏之际，山野上到处生机勃勃。我们从城区出发经大明市往蟠龙山村而去，临近山居的路，曲折狭窄，特别是离山居两三百米的那段，简直可以用崎岖不平的羊肠小道来形容。车子在一片树林中停下，也可以说是山居主人专供的一个停车场，说是停车场，其实不过是主人在林间草地上整修的一处较为平坦的地块，最多不过可停五六辆车子。好的是林间浓荫匝地，挡住了阳光的直射。树下一平坦处置一套石桌石凳。

山林右边的一处长满藤条的泥墙青瓦就是袁先生的"蟠龙山居"。这山居其实是袁先生爷爷留下的三间极其普通的简陋泥墙屋。两层结构，正中间门坊悬一牌匾"蟠龙山居"，是书法家专门为之题写的。舍内，一间灶间，一间客堂，一间居室。客堂里边置一书桌，略见一些书画作品。纵观山居，大有"苔痕上阶绿，草色入帘青"的情调。

门前有一院子。正中间一处是用古老的青石板铺成的。据说这些石板是有些来历的，是从天台运过来的，修整成了一露天会客处。左右两侧，有简陋的水井、荷池、水泥花架。有两块巴掌大的小菜地，种有牡丹、芍药，还有一些家常小菜，可谓五花八门。前后、右侧多是土地，桑木成片，庄稼满地。

那时，荷花小池正值睡莲开放。右前一棵杏树果子正熟，嫩黄黄地挂在绿叶间。不远处一个面积两三亩的池塘，四周绿树成荫。远眺前方，青山延绵。山居远离乡村，幽静地独立于林间地旁。

这就是袁先生的南山坡，蕴含的诗情画意自不必说。

那次活动，我们十多人围坐在林间树下，迎着习习凉风，呼吸着清新的空气，整个活动有吟诗、唱歌、吉他弹奏等节目，大家随意而忘情地与大自然融为一体，身边洋溢着浓厚的文化气息。

中午时分，我们吃了袁先生自种的马兰、小青菜等，一顿午餐让我们感受到浓郁的乡土气息里渗透着一种特有的文化气息。

此后我与三五友人，先后又去过几次，每到那里总有一种轻松自如的感觉。我们谈诗论文，交流探讨，相互学习，却无关风月，使心灵沐浴春风，久而久之，渐渐滋生出一种宁静、淡泊的心境。

常有朋友与我谈起袁先生的"蟠龙山居"。也不时看到朋友们在朋友圈发那里的照片。可以这样说，"蟠龙山居"已经成为一处凝聚文人墨客的地方，潜移默化地成为人们心中一处不可多得的栖居之地。

有朋友曾问我，袁先生是在隐居吗？是在那里做大学问吗？我一时语塞，难以回答，因为这个问题不是我所能够回答的，我也没有请教过袁先生，但我可以明确一点，袁先生要在哪里生活是他自己的选择，是不是隐居也无所谓，关键是他的一种生活方式能够得到广大同人的认同与喜欢，自己做不做学问已经无关紧要了。

记得袁先生曾经说过："我只是喜欢这种状态，无意将老屋看成世外桃源。我在这里开垦种植，坐看风起云涌、花开花落。在檐下听雨，看雨珠在植物上舞蹈，我会觉得我就是雨珠，我就是植物，我的很多朋友都喜欢这里，喜欢这种状态，因为这是美好的。"是的，这是一种生活的方式，是一种人生态度与意境。

如果人生能够始终保持这种心态，那是莫大的幸福！

山居虽简，但意蕴深刻。几年来，北京、上海、南京、杭州、绍兴等省内外的许多诗人、作家、书画家都慕名前去"蟠龙山居"进行创作，为此，留下许多文字、墨宝，据说单是描写蟠龙山的诗文就多达四五十篇，被收入七八种选本。这说明山居的影响之广、内涵之深。但凡来这里的人更愿意将这里作为一种文化符号、一个精神坐标。我深信在新昌境内没有第二处能如"蟠龙山居"那样凝聚诸多文人雅士的场所，恐怕连绍兴市内或者说更广的范围内也不一定有这样一处地方。

我觉得一个人能够把一处平淡简陋的地方变成一处高雅的场所，实在是不简单的。而一个平淡的地方能够激发许多人的灵感，创作出许多的作品，那更是谈何容易，靠的是什么？应该说这是一种境界、一种品质、一种强大的精神感召力！

袁先生就是在这样的一处祖居里修身养性，并以他独有的视角开辟了一方精神天地，潜心打造出浓厚的文化气息，不仅自己播种，而且把这种气息强劲有力地散发到文学艺术之中，转化成一种高度浓缩的文化精神，使之发扬光大，达到了常人无法达到的意境，那就是在做一种高深的大学问。

当然，这一方家园也需要更多的高人雅士来滋养、呵护！

斯是陋室，何陋之有？

2014年8月31日

世外桃源安顶山

安顶山在我老家的正南方，约有十五公里路程，曾攀登过无数次。如今，我虽常年离乡外出，但还是一如既往地想攀登安顶山，这不仅是因为我喜欢登高远眺，喜欢群山连绵不断的壮阔，更是因为她是我故乡的脊梁，那巍巍的山峰与我的村庄遥遥相对，她是我家乡这片黄土地上最为古老的见证人，如同我最敬仰的亲人，我对她有着千丝万缕难以割舍的情怀！

安顶山、天姥山、天台山，三山鼎足相望，相距不远，直线距离最多不过五六十公里。或许她们是一母所生的同胞。但是，她们的命运有所不同。天姥山、天台山声名远扬，位居名山之列。而安顶山却一直默默无闻。缘何如此，不得而知，这或许完全是一种造化。

天台山、天姥山既然在名山之列，定然名位显赫，无可厚非地成了一县之主山。与之相比，安顶山也就无足轻重了。然而，安顶山却也非同小可，虽然她不与天台山、天姥山争名夺利，但位置特殊，与绍兴、台州、金华三个地区交界。这样一来，她就有了三市交界的特殊地位。也就是说，她的身上集聚了金华、绍兴、台州三重地域的身份，她本身就远远跨越了天台山、天姥山的区域。这是天姥山、天台山所不能取代的地位。这是一种荣耀，可以这么说，安顶山有着比天台山、天姥山更多的子民和更宽广的区域环境。但是，她却像一位朴实的母亲，不虚荣、不骄纵，就这样默默无言，养育着她的子民。

安顶山宁静地走过了漫漫的历史长河，一点也不寂寞。她一直保存着她的无限魅力，保存着她的神秘色彩。因此，到如今她万劫不变，依然是一处一尘不染的世外桃源！

曾经有人告诉我，生活在高高的山上，山下是一个色彩斑斓的世界：一会儿粉红一片，一会儿翠绿一片，一会儿金黄一片，一会儿白雪皑皑！那万花筒一样多姿多彩的世界是何等的美妙啊！

我还听说，安顶山上有龙居住。每当夏夜暴雨来临之前，或者风起云涌之时，高高的山顶总是电闪雷鸣。她脚下的每个人都可以看见那闪烁的光芒。那时，老一辈人告诉我们，那是龙抬头，龙翻身。

在我天真烂漫的童年里，遥遥相对的安顶山竟是那样的高不可攀。她的故事一直诱惑着我的好奇心。从而，也使我深深地眷恋她，向往着去攀登她。

我二十来岁那年，一个隆冬的上午，同村的几位年轻朋友相约去攀登安顶山。从家里出发足有三十多里路。我们踏着厚厚的积雪，冒着刺眼的阳光，一路小跑到神往已久的安顶山。不多时，我们就热血沸腾了，刺骨的冷风已不知去向。

那时，公路只通到植林村，再进去就全是山路了。我们一鼓作气，沿着曲折的山路继续前进，全身已经热气腾腾，汗水早已湿透内衣。又经过一个多小时的艰难行程，我们终于攀上了山顶。此时，大家感到全身酸软，浑身似火，干渴难当，鞋子与裤管都被雪水浸湿了。但是，谁也不觉得疲劳。

我们站立在山顶，迎着凛冽的寒风，啃着雪球，竟如迎着春风一样凉爽。

第一次登上家乡最高的山峰，而且，是在这样的一个寒冬腊月里；

第一次的征服竟是无比轻松与自豪；

第一次离天空那么近，仿佛伸伸手就可以扯下一片云；

第一次让我感觉到这个世界是这么陌生、宽广而浩大。

我一次次做着深呼吸，感受着那种特有的自豪与无拘无束的放任。那是一种从未有过的轻松自在！

远眺，世界一片银装素裹，起伏的群山竟然那么柔和，一直延伸到天与地相连的远方。原来世界是这么宽阔，山下的村庄依稀可以辨认，不过巴掌大的地方。在这高高的山上，原来我们自己是那么渺小，像一粒沙子掉落沙滩，空旷得感觉不到自己的存在。我们尽情地玩耍，忘却了疲劳与饥饿，直到下午三点多才回到家。

那次，我们没有找到龙的足迹，没有揭开闪光的秘密，却发觉了俯视群山的魅力；发觉了安顶山顶峰原来并不是想象中的那么险峻，那个传说中的龙潭就在山峰中间，被冰雪封冻。这里也没有我们想象中的那么特别，原以为龙潭虎穴一定奇特、险恶无比，真见到了感觉整个山峰柔美而静谧。

原来，世界上许多事情并没有想象中那么高深。一旦接触，也并没有想象中那么不可捉摸。

在这样的一处山顶，竟然有这么柔和的环境。这里一片开阔，顶峰还有一块凹地，种有茶叶、蔬菜等农作物。四面青松翠柏，郁郁葱葱；林间杂木丛生，想必一年四季鸟语声声、花香不断。令人惊奇的是在这么高的峰顶，还有一个一年四季从不枯竭的龙潭。好山好水，远眺近观，景色优美，春赏百花秋赏月，风光无限。夏季，清凉爽心，无论白天如何炎热，一到晚上也离不开棉被，不愧为一处避暑的好去处。难怪有人在这里建寺立庙。

安顶山堪称一处真正与世无争的清静之地。据记载，早在隋朝就有与天台国清寺同享盛誉的清凉寺。其实，古时候一直有这样的民谣，战争一到，"嵊县花利落，天台剩只角，安顶山下留人种"。天台的一只角就是指居住在安顶山下那边的人。如今，这里依然远离楼房林立的城市，远离喧嚣和污染，远离世俗的名利纷争，唯留一方清净与幽雅，唯留一方宽阔天地。只有如此，才是一处真正的风雨不侵的世外桃源。

登山观景，无论春夏秋冬，只要选择一个天朗气清的日子即可。如果是论花赏月看日出，就必须选好最佳时机才能令人兴致勃勃，终生难忘。当然，春季里群芳吐艳、百鸟欢歌、日丽风和、气温宜人，自然是登山观景的首选季节。倘若赏月或者看日出，最好是投宿山村，以便有充足的时间来尽情欣赏。看日出最好是在春天，如能碰上山气涌动，云海如潮，滚滚烟霞，一轮红日冉冉升腾在瞬息万变的云海间，欣赏着人间仙境，体味着大自然的奇妙变化，那才叫美不胜收！此时，你就会明白自古以来，以安顶山为首的回山一直被称为彩烟山的真正意义！

2000年的第一缕阳光从这里开始闪亮，牵动了三个不同区域的兄弟姐妹，人们怀着激动的心情，从四面八方如潮水般地涌向这个神圣的山峰，见证了世纪之光升腾的壮丽动人的时刻！

安顶山，远古时期的活火山，如今却是那么清静而神秘，融合着远古与现代的文化，凭借她三地临界的身份，凭借她在崇山峻岭中的引领地位，她不卑不亢，总是那么坦然。无论风霜雨雪，无论花开花落，她都岿然不动，守护着一方生灵安居乐业。

安顶山，虽然很少有行吟的古诗人，但是，她身处千嶂叠翠的万山丛中，这本身就是一种诗意的存在，一种自然祥和与完美的体现！我一次次地攀登，一次次地新奇惊叹，像欣赏一本美轮美奂的画册，翻阅着每时每刻的精彩，感受着家乡山水的亲切！

2008年11月5日

话说清明

春光明媚，绿意掩映，又到一年清明时。

清明清明，气清景明。表示变得天朗气清，山清水秀，要比冬天明净。而我们人也较此前神清气爽，心情舒畅。

清明至，祭祖扫墓，是一种慎终追远、敦亲睦族和行孝尽哀的传统表现。同时，也是族人的一次大聚会。现在越来越多的人开始借清明来寻找族人、同姓人，甚至借此机会广交朋友。

清明祭祖已经成为传统节日盛事，除少数人或许有特殊原因不能回家祭祖，大多数人还是不会错过这个节日。也不需要有人强迫，要说强迫就是为节日所迫，再忙也不忘清明，除了慎终追远、敦亲睦族外，主要原因恐怕是为了行孝尽哀。就算对长辈生前再有不孝，但对死后的先辈，那些不肖子孙却能行孝道礼仪，许是阴阳相隔，距离产生亲情，但更多的可能是背负道德的压力。

祭祖的时日，就我们本地而言是在清明前一个月以内，最早的是新坟，一般在清明前一个月左右，最旺的时日是在清明前一个星期以内。祭祀前些天，家家户户都会精心准备丰盛的祭祀品，除了鱼肉之类的荤菜外，还会到野外采撷马兰草，挖取春笋等，一番煎煎炒炒，一道道香嫩可口的美味佳肴，随着"吱吱"的油炸声出得锅来。当然，菜肴中也有不能用以祭祀的，如葱、蒜，因为葱是掐来的，蒜是剥开的，好像不吉利。备好菜肴后，每户还要做糍粑，通过嵌入不同的馅儿，就有了不同的称呼：青麻糍、白麻糍、嵌糖麻糍、嵌菜麻糍等，确是五花八门，而且口味各有千秋。中国源远流长的饮食文化可见一斑。要说上坟，这期间，满山可见上坟的人群。只见男女老少，箩筐里除了祭祀的酒、菜肴，还有茶、果、米，香、蜡烛，烧给逝者的烧纸、元宝之类的物品，以及鞭炮。平时荆棘遍地的荒草地，鞭炮声此起彼伏，随着烟雾升腾，顿时变得热闹非凡，成了春天一道特有的亮丽风景线。当然，毕竟是来祭拜先辈的，还是要有一定的严肃氛围，除了上香敬酒一跪三拜，还得毕恭毕敬，方显得尊重。

清明上坟不仅是慎终追远、敦亲睦族和行孝尽哀，更是一种文化。

虽说清明时节阴雨不断，但是只要雨一停，便随处可见踏青、游春的人群。春雨如丝，滋润得百草转青，群芳怒放，到处生机勃勃，漫山遍野万紫千红。这里娇滴滴草如碧玉，那边羞答答花如涂丹；这里是桃花乱舞梨花雨，那边是杜鹃争春满山红，真是桃红柳绿黄花乡，鸟语花香，把江山点缀得锦绣如画，只迷得痴情男女整天不知道回家。

不同处境有不同情景。例如杜牧的"清明时节雨纷纷，路上行人欲断魂。借问酒家何处有，牧童遥指杏花村"，抒发的是孤身行路之人的情绪和希望；而黄庭坚的"佳节清明桃李笑，野田荒冢只生愁。雷惊天地龙蛇蛰，雨足郊原草木柔。人乞祭余骄妾妇，士甘焚死不公侯。贤愚千载知谁是，满眼蓬蒿共一丘"，抒发的则是人生无常的慨叹。

当然，清明作为一个传统节日，除了反映地方的生活习俗、文化传承，更多的是反映百姓生活以及人们的愿望。随着社会的发展变化，就其形式而言也在潜移默化中改变，但传统节日的精神内涵却始终不断延伸，充分展示心灵变化始终有其根源，且有所保留。

2017年3月31日

树下的简陋小木屋

——致三十六湾

当你把自己的兴趣爱好凝结成一种性情时，那么，这种性情便成了一种意境，一种自然而然、乐此不疲的追求理想的意境。犹如一泓清泉，源源不断地涌成溪流，逐渐变得越来越宽阔。

我是一个居无定所的游客，喜欢游走于网络的山水之间。

当我第一次出门游走时，第一脚便踩上了这片温馨祥和的"处女地"。当然，这只能是我的处女地。它是一片开发未及两周岁的基本原生态的山水田园。

我略带惊喜，还未领略此地红花绿叶的魅力、斜风细雨的诗意，便毫不犹豫地占了一席之地，在树下安置了一间简陋小木屋，建起了我的第一处栖息地。这是因为"三十六湾"这一名字让我有着一种连绵而有磁性的想象。一种淡泊而又不失生机的感觉，一种回家的感觉，而在我的家乡恰巧有处地方名叫"三十六湾"，因此，也就有了那种家的亲切。同时，它总是让人联想到山水的意韵，真是一处合我性情的家园。

时间证明了我的选择，它悄悄地告诉我：我的选择充满温馨。

由此，我感到很欣慰。家是温暖的，是最让人牵挂的。于是，便有了越来越多的家的感觉。

人最相信自己的第一印象。当然，这不仅仅是第一印象的缘故，或许更多的是湾里自然秀丽的风光让我流连忘返；或许是湾友自然而然流露的友谊；更或许是湾里兴旺和谐充满阳光的景象。于是，无论起早摸黑，还是外出归来，或者事务繁忙时，我总是有意无意溜进湾里。甚至，忙里偷闲也要溜进自己的小木屋，聊以抚慰。关注着每一个季节的美丽风光，也默默关注漫步在湾里的朋友们，总能发现许多善意的目光与微笑。虽然未及开口说话，但完全可以感受到一丝丝友好的意蕴。总有许多朋友漫步到我的小木屋里歇歇坐坐，无论留名与不留名的朋友，即便是漫不经心地路过，同样让我感到温暖。而我也在不断装点着我的小木屋，繁星弯月也好，燕去燕来也好，总是要留下点什么，更新着我的小木屋。

我不是剑侠，也不是刀客，但记得曾经一直希望拥有一把属于自己的宝剑，或者宝刀。无论长剑也好，短刀也罢，必须是一把无坚不摧的纯钢宝剑或者宝刀。或许你会认为我喜欢说梦话，或许你会认为我是一个传统而守旧的人。事实是依然有着青春年少，不知天高地厚的性情。当然，或许这也是一种嗜好，诚如有的人爱好钓鱼，有的人爱好麻将。然而，很可惜我不懂剑术与刀法，所以即使拥有了宝剑或宝刀，又将如何呢？充其量不过是作为饰物佩带，或者除非我自己揣摩出一套武功"秘笈"。

我还听说过铸剑或刀的技术很重要，再则火候也很重要，但是至关重要的是蘸水，如果蘸水不好就会前功尽弃，再好的冶炼技术、再适当的火候也是枉然，如同被废弃的武功。

铸一把宝剑或宝刀是如此不容易，我便打消了念头，我只适宜拿起锄头种些花草树木，在自己的自留地里逍遥，在自己的小木屋里怡然自得。闻松风奏乐，看花开花落，赏浮云追月，却也自得其乐！

当然，最让我感到欣慰的是因为有了"三十六湾"，才有了"烟山雅客"的小木屋。"三十六湾"是"烟山雅客"的栖息地，是"烟山雅客"的乐园，更是"烟山雅客"的诞生之地，而我也把湾里那间小木屋留给了"烟山雅客"，成了他的私有财产。而"烟山雅客"也就成了定居此地的湾民。朝起看日出，暮色看斜阳，不亦乐乎！

我喜欢烟的轻灵、飘逸，多姿多彩；喜欢山的博大；喜欢幽雅的环境；喜欢高雅不俗的景物；喜欢淡泊的君子之交。而我的家乡曾经得美称"彩烟山"，因此，也就有了"烟山雅客"的网名。

阳光和煦，树木苍翠，清清浅浅的湾水静静地流，欢欢喜喜的湾友悠悠地走。阳光下我温暖的小木屋，纵然简陋却洒脱柔和，花香鸟语，草木葳蕤。一年四季，闻溪声叮咚，观云随风飘，乐湾友之欢声笑语，飘扬在这山山湾湾，如诗如歌，似古筝，似横笛，悠悠远远……

"斯是陋室，唯吾德馨"，我树下简陋的小木屋。

2007年12月24日

小货郎

"兔毛勃[(1)]、鸡筋（膍）皮，鹅毛、鸭毛、派（破）蓑衣，换糖来！"一阵地道的天台腔，大声吆喝着由远而近。一位敞衣露腹，头戴草帽，脚穿布鞋，手摇拨浪鼓，肩挑货郎担的小货郎冒着盛夏的烈日晃进村来。只见他一头簏笋一头筐，簏笋里放着一大块糖，竹筐里放着换来的物品。一头轻一头重，挑着一副令他永远不会平衡、不会满意的担子。

"咚！咚！咚！"一声拨浪鼓声伴着一阵吆喝。闻声而来的小孩迫不及待地叫住货郎，只见货郎一面慢悠悠地放下担子，一面拽起搭在肩上的毛巾在黝黑的脸膛上擦了把汗，和颜悦色地说："慢慢来，小朋友，叔叔把大冰糖给你剁来。""哆！哆！哆！"一声声清脆的金属敲击声响起后，一块沾有米粉的大冰糖递到你的小手上，你马上津津有味地吃起来，真是又甜又鲜。嘴唇与小手黏糊糊的，你伸出舌头舔舔小手舔舔嘴唇。旁边的小伙伴忍不住直咽口水，飞也似的跑回家中"偷"出家里的白术、洋芋、废铜废铁等可以换糖的东西。不过，那货郎倒也好，见你拿的东西多，怕是从家里"偷"出来的，往往叫你少换点，以免被父母责骂。

　　每当货郎到，宁静的山村就热闹起来。孩子们就跟着他在全村转，一是凑热闹，二是有所期待和希望。碰上个好的货郎看你可怜，"喏，小朋友，拿点去尝尝！"一面说着一面给你一点小小的施舍，你自然欢喜。在那个年代，人们的温饱问题还未完全解决，吃大冰糖堪称极大的享受了，要比现在的小朋友去吃大餐还享受。

　　那时我们住在一个叫"吕堂前"的四合院里，是村里比较中心、热闹的地方，那些小货郎就喜欢在我们院子里歇脚。他们把担子往堂前一搁，一屁股坐在中堂门口捣臼的圈上，撸起衣袖卷起裤管，摘下草帽当扇子悠闲地凉快起来。

　　不一会儿，人们就三三两两地聚拢来，手里拿着各种废品前来换糖。此时院子里热闹起来了，大家你一句我一句地跟货郎东拉西扯起来，跟他讨着甜头，学他说着天台话，嘻嘻哈哈，不亦乐乎。人们慢条斯理地吃着糖，嘴里啧啧有声，一下子忘了疲劳，忘了炎热。热心肠的婶婶、大妈们拿来零食给货郎吃，货郎自是感激不尽，剁下大块的冰糖来酬谢，双方自是客气一番。

　　时过境迁，几十年前的事，如今却成了我美好的童年故事。现在的孩子吃的东西五花八门，应有尽有，唯恐他们吃不下，而他们很可能不知道小货郎是什么样的。那个年代的小孩不用说什么牛奶、高档水果，就连咸菜白米饭都是父母省着给你吃。

　　如今生活发生了天翻地覆的变化，我辈儿时的期待与向往早已为小辈所不足道了，生活早比想象中更好。

　　记得有一次，母亲用四分钱买了一根白糖棒冰，我们三个孩子一人一口，轮流吃，却那么舒心，那么香甜，想想现在的孩子，真是身在福中不知福啊！

现在，小货郎已难得一见，大冰糖也要十几块钱一斤。那时的小货郎大多是天台人，他们走村串户辛苦地四处奔波，利用农闲时间，外出换取微薄的收益，用"咚咚咚"的拨浪鼓声敲打着生活的希望的节奏！

注：（1）兔毛勃，是天台方言，兔毛打结的意思，小货郎进村吆喝的常用语。

2007年4月16日

思绪是流星划过夜空

　　喜欢夜的宁静。一个人的时候，静静地等候，夜，随着星星的移动而悄悄地降临。

　　在盛夏，一个人的时候，闲来无事，就离开闷热的房间，坐到楼顶的阳台上。不吸烟，喜欢泡上一杯淡淡的咖啡，淡淡的苦淡淡的甜。人，有时候很容易满足，有这样的一种环境，就好像是一种无上的享受。感受着这种简单、随意，略带甘甜的幸福，自豪感油然涌起。

　　轻轻啜一口温热的咖啡，再长长地舒一口气，所有的压抑便都释放出去了，整个人会一下子放松下来；再喝一口咖啡，顿时，有一种飘飘然的轻松感。人就是一种奇怪的动物，有时候竟是那么自足，哪怕一个微笑，一句赞美的话语，甚至毫无理由，都可以找到那种感觉。一旦找到那种聊以自慰的感觉，就什么都无所谓了，无论酸甜苦辣，一切都抛到九霄云外去了。看星星，看月亮，那平时视若无睹的景物，竟然一下子变得不同寻常，好像特别美，特别可爱，此时，或许便是那种所谓的人生的最高境界。

夜很静很静，但还是掩盖不了夏虫的呢喃，偶尔，有汽车的喇叭声打破了这宁静，吸引了你的注意力。不一会儿，一切便恢复正常。

银亮的月光开始洒下来，朦胧的世界别样的美，远山的轮廓清晰可见；天空有几缕银丝般的云，随着清风弥散开来，星空下是辽阔的海洋，浪花一阵阵簇拥而来，拍击堤岸，发出哗哗的声音……真的很喜欢这种朦胧的梦幻的美，那种呈现诗意的境地。

但今夜没有月亮，特别有夜的味道，清风一阵阵吹来，特别舒爽。四周不远处的山体依然轮廓清晰。我面朝磕山，后面是塔山，左边是鼓山，右面是南岩。居所所处的位置虽然不是很中心，但却可以这样来确定。灯光把城市上空渲染成一片紫红色，起伏的楼房演绎着城市明快的节奏，不知道是不是一种美。其实，这些都无所谓，我在乎的是今夜心境，那种静得可以超脱世俗的感觉！一切的压力都可以在今夜卸下来，一切的欲望都可以在今夜解脱，世界十分广阔，十分明朗，也是十分和谐的。但我是否真的可以到达那种无望、无欲、无我的境界呢？社会万象，无奇不有，一切的假、恶、丑以及虚伪；一切的不公平；那些生活在底层的普通民众；那些道貌岸然，大权在握却骑在群众头上作威作福的丑态百出的"官员"；那些小人得志装腔作势的人模狗样……我不免笑自己的痴与天真，想那么多，想那些毫无意义的庸俗之事，无非发一点徒劳的感慨。

感觉又回到了过去，回忆总是美好的，特别是一个人在这样的夜晚，一点干扰都没有，思绪犹如一只搏击长空的苍鹰，在这宁静的夜晚可以穿越太空，俯视地球。我时而腾飞在浩瀚大漠、广阔草原，时而展翅掠过气势雄壮的大海。我重新检阅着过往的历程，往事如浮光掠影般闪现，快乐的、天真的、幼稚的、苦难的……

我想起很多很多，曾经的徘徊踌躇；曾经的许多宏大目标，到了近前却发现是镜花水月；那些自以为执着的固执，到头来才发现不过是虚空和幼稚的缩影。自己有时如一座巍峨的山，昂然屹立；有时又如一棵独立峭壁的小草，随风飘摇。一路走来，有时春暖花开，有时寒风凛冽……生活的万花筒变幻莫测，但天无绝人之路，总会迎来"山重水复疑无路，柳暗花明又一村"，有许多意外的惊喜，也有太多的失意。太在意就有不如意。

一杯接一杯的咖啡，延伸着不尽的回忆，思绪的野马一旦脱缰，就狂傲不羁。梦想是草原的一只雄鹰，是一条腾飞于长空的龙，是一条奔向大海的江。然而，都不过是年轻人吹起来的美丽的肥皂泡。时间证明了曾经的天真，时间告诉了我们什么叫恒心。只可惜一切去得太快，不可以从头再来。

许多时候，回忆就如一只长喙锋利的鸟，深深地啄痛你柔软的心。收回思绪的羽翼，然后，再放飞，就这样反反复复地进行。最深的感触是光阴如梭，于目标却用情欠深，以至于今日在人生道路上徘徊彷徨。下雨的日子来了，那种湿漉漉的感觉开始弥漫，风敲打门窗，雨丝淅淅沥沥，千丝万缕，其实很短暂，回味起来却别有韵味！

夜已经很深很深，神秘的夜幕掩盖了一切的真实与虚伪，世界是那么统一、协调、完美！夜是宽厚完美的，它可以包容善恶美丑，它是多么深沉睿智！可以让你昏睡迷糊，也可以让你清醒反思。

　　有人说：比世界更广阔的是海洋，比海洋更广阔的是天空，比天空更广阔的是人的心灵。然而，无数的心灵却在夜的怀抱里打开天空！

　　一颗流星划过夜空，向夜更深的地方隐匿而去！

2010年9月18日

四十男人

　　岁月的流逝是十分神秘的，你一不留神，便从盛夏悄悄地滑进秋天，迫使你告别了昨天，告别了一个让你流连忘返的美丽季节。

　　春种、夏长、秋收、冬藏，人生的四季也不能脱离这一规律，当默默流逝的岁月拉着你悄无声息地迈步前行时，无意中你发现自己即将跨过年龄的门槛，潜移默化地变换了季节。

　　四十岁，一个标志性的年龄，一个完全成熟的男人生活的真正开始；一个从人生顶峰迈向生命低谷的开始；一个一路绽放收获的开始。我突然发现自己已在一个阳光灿烂的季节里，任思绪飞跃在秋意浓浓的蓝天里。

　　春花如云，随风而去；盛夏似火，余热未尽；秋月如镜，吸取了昨天的岁月的光华，以炽烈的光芒照射着前进的方向。

　　告别昨天的狂热，告别昨天的幼稚，告别花开花谢的季节。带着渐行渐远的伤感与迷离，带着春暖花开、阳光明媚的回忆，一步一步地走向那个陌生却又充满魅力的秋季。

回首是桃红柳绿的湖堤，是水村山郭的诗意，是梦一样美好的往事，是满树飘摇的记忆。抬头是硕果累累、红叶生辉的一片林地，等待你去采摘。

四十岁的钟声已在不远处敲响，那钟声如闷雷在中午炸响，袅袅的声音慢慢穿过那片丛林，传入我的耳际，震撼着我的全身。我蓦然惊醒，惊叹岁月的匆忙，匆忙得我来不及收拾青春的行囊，便把我赶入驶向秋天的船舱。航船即将起航，我唯有用一双留恋的眼睛，不舍地注视着我未及收拾的美丽，注视着我曾经摸索前行的绿色草地。那一片飘浮着我思绪的蓝天，是多么熟悉；那一湾盛满我天真与幼稚的春天竟是那么亲切。我曾经走过的地方，已不留任何痕迹，而且杂草丛生，一地凄凉狼藉，可我还是那么在意。点点滴滴，平平淡淡，一路歪歪斜斜的身形，穿行在一条不堪回首的羊肠小路上。我不知道该摇头叹息，还是该嘲笑我身后的平淡无奇。

站立船头遥望前方，那一湖的碧波摇荡，渺渺茫茫。堤岸上的一片丛林郁郁葱葱，不时飘来果实的清香。我凝视着这一湖虚幻的水，欣赏着远方那片飘香的果园。我不知道如何轻易地跨过这个湖。我在思索如何撷取香甜醇美的果。

秋风已起，迎一脸凉爽，我静静地思忖四十岁男人的脚步。虽说男人四十为不惑之年，但同样需要慎重地考虑所做的每一件事，所走的每一步路，倘不留意，同样会造成不惑而惑，那时恐怕所产生的后果更为严重，而且无法弥补。

秋风已起，沉重的桨声跃出水面，航船在一步一步地跨向彼岸。我的血液没有沸腾，而是与秋思一样深沉，冷静地流过每一根血管，透过正午的阳光，闪现出殷红的光泽。我凝神吸气，满怀雄心壮志，意在秋山。

总感觉秋季是紫色与深红色的，是一个深沉而富有的季节；是一个精深而博大的季节；是一个值得骄傲与庆贺的季节！

四十岁，透过年龄的薄膜，穿越岁月的空间，迎着习习秋风，我第一次呼吸到了秋的滋味，第一次感受到了满山红叶的气息。在阳光的照耀下，我欣赏到了它特有的高贵典雅！似乎是一种渴望已久的意愿——那种焕发收获的火一样的光源！

四十岁，一个放飞的年龄的开始。你必须满怀豪情，驾驭好展开的羽翼，如雄鹰冲天搏击长空；如大浪淘沙，成竹在胸！

抬头朝前，满山碧玉。我何不横刀立马，意气风发，稳中求胜，去摇曳那满挂果实的成熟之树！去收获那满山金黄，去收获那一路的辉煌！

2007年8月25日

诗眼里的山城小县

假如有人问我所生活的城市是怎么样的，我觉得这是一座满载诗意的城。

我的城市历史悠久，婉约而富有内涵，民风淳朴，勤劳奋发，知性上进。在历史的进程中，更多地蕴含了深厚的文化底蕴。这里的居民大多热心向好。这里的山水四季分明，春华秋实。这就是我对这座城市的理解。

许多时，我会一个人站立在屋顶平台上，凝视这座小山城，看它有什么不同寻常之处。这个犹如彩带一样的山城，由东向西横亘在狭长的山谷里，宁静而安详，静得可以随时听到鸟的欢唱，听到山风的嘶鸣，甚至听到自己的心跳。

一千年太久，而在我的视野里，就可以直面千百年前遗留下来的那些古迹。鼓山的王羲之道观，南明山麓的大佛寺，稍远还有南岩的南岩寺。正是这呈长三角的三个点，把几千年的古代文明的脉络糅合在了这个现代文明的城市里，使这个小小的山城小县活力四射，魅力无限！

五月的山城青葱而有朝气，延绵的山脉把这座城市的线条拉得像五线谱一样起起伏伏，看起来富有弹性。恰似母亲的臂弯把这些鳞次栉比的楼房温柔地搂抱在怀里。可令人难以置信的是，这么一座小小山城，曾经一度成为全国佛教文化的中心、茶道的起源地；曾经一度高僧云集、名士荟萃，以至于诗文洋溢，把一座山城的诗意阐释得淋漓尽致。也就是说，那么多古代的文人墨客用诗句把这里打造成了一座华丽的文化山城。

　　在新昌的地域内，我们无须用奇、秀、险来表述那些山水，那些险峻的山水是用来欣赏的，而新昌的山水是用来慢慢解读的。它最适宜居住，其俊秀委婉、灵动雅致，让诗人们赞叹，于是就有了那份深情，以至于留下许多传世的杰作。

　　山还是那座山，水也还是那道水，只是随时光的洗涤，把一些历史老成青苔，于斑斑驳驳中散发着悠远的气息。历朝历代的文人骚客所凝结的文化底蕴散发出无穷的活力与内涵！

　　如此一座小小的山城，究竟是什么形成那么大的磁场？

　　古代的新昌来过多少名人雅士？山水有多美？我们无须细说，唐朝的一千五百多首诗篇已经做了最好的渲染。其实，何须一千五百首，李白的《梦游天姥吟留别》和白居易的《沃洲禅院记》就已经足够诠释这里的山水之美与人文繁荣。这是一片让李白梦寐以求的土地，是白居易的非常之境，更是宋代词人王观心中的"眉眼盈盈处"。在诗人们的眼里，这里的一山一水都是诗。

　　沿着古人的足迹，我们看到了新昌曾经的两个鼎盛时期，一个是东晋时期著名的"六家七宗"十八高僧和十八名士等在此谈玄论道，从此奠定了剡中在中国文学史和佛教史上的崇高地位。

剡东佛学代表人物佛茶之祖——支遁，作为两晋著名的人物，与当时各宗学派的代表人物，分别在东峁山、沃州山、石城山立寺修行，他们从品评人物到崇尚虚无，空谈名理；他们谈诗品茗、以茶代酒，开辟了茶道文化。除此之外，还有一个重要人物，就是南北朝的山水诗鼻祖谢灵运，他对后世也产生了深远影响，他不仅在此地吟诗作赋，频繁活动，开创了山水诗的艺术模式，而且在此开山凿道，打通了一条"台越通途"。由此，我以为这里便是山水诗的发源地！另一个时期就是大唐盛世，那些曾经的地标式的文化遗迹吸引了以李白、杜甫、王维为代表的四百五十多位诗人，他们接踵而来，盘桓于沃洲、剡溪、天姥、石梁、南明山麓等地，寻访古人足迹，唱吟山水风光，成为当时奇特的景象，把剡中的文化推向了一个新的高度，使这里成为一方文化圣地。形成这一现象的主要原因是两汉与大唐之间的六朝剡东文化，即文化史上著名的"剡东光辉""沃洲现象"。正是这些现象，折射出这里山水的不同寻常之处，也就是诗人眼中的理想境地。

可想而知，新昌这个山城小县所受到的人文历史的熏陶以及内涵，是有别于其他众多城市的。古代的文明随着历史的浸润越发光鲜亮丽！而那些诗句，在时间的打磨下变得越发精致宝贵，在相应的山水间散发出耀眼的光芒。

随着城市快节奏的冲击，一些城市居民变得骄傲无知、浮躁不安。总有一些自以为是的人，以"打造、挖掘"的名义，肆意地开发或者毁灭古人的遗迹，建设起一些庸俗的场景。如果有一天，千百年的文化内涵，通过物化，全部感性地呈现在你的面前，是不是会觉得太过暴露与俗气？我以为，这样的意念固然没有错，关键是建设者是否具备打造具有深刻内涵的景物的眼光，不然就会适得其反，毁全盘于一旦。是的，唯有诗意的栖居才会有质量与意境，一览无余是没有内涵可言的，若隐若现才更能激起人们的畅想和探寻。

一代又一代的历史名人随着时光的潮声远去，那些曾经的足迹也在风雨中无法辨认，但这座城市依然那么令人震撼，历史遗留下来的诗句掷地有声，以至于许多追随者乐此不疲地推敲它的历史与意义，于二十世纪八十年代末就有人开始探究"唐诗文化"，追根究底推敲其始末意义，而且从历史的荒芜中辨认出了一条宽敞的"唐诗之路"，使诗文的余音在沃洲大地上回响不绝，并得以传承与弘扬。

当然，还有其他更多的与这座城市相关的文化，如六朝文化，佛、儒、道、茶及徐霞客游记文化等。新昌大地深厚的人文底蕴和历史文化渊源，让人很容易抵达精神领域最淳朴原始的目的地和那种无物、无我、无限空旷的意境，也难怪这座山城如此让人痴迷。

一座城市给每一个人的感受是不一样的，因为，每个人所接受的知识不同，三观不同，取舍不同。一个人要与一座城市生活在一起，那就得在与一座城市的对话中，了解它、熟悉它、理解它，要熟知它的冷暖和变化。与它同呼吸，发生共振，不断去破解它的密码，调节自我，走进城市找到自己，并为这座城市所接受。同时，由衷地热爱它。我们日夜生活在这座城市里，如果它的许多习惯和文化不为你所接受，那么你就会活得很累。

我欣赏那些在快节奏里过慢生活的人，常见他们在工作之余，从现实生活中超脱出来，在一小小的居室里，集两三茶友，三五知己，一张大板桌，一杯龙井茶，论古谈今，雅俗与共。忽略城市的喧嚣，把今天过成昨天，把城市当成山野，把简单质朴的人生过成诗与远方！

他们置身闹市，却悠闲自得，清淡高雅，沿袭魏晋遗风。甚至在逆境中泰然自若，总是让人羡慕与佩服。人生那么卑微，生活那么艰辛。其实，只要我们能够把人生看淡看透，对万事万物的始终了然于胸，那么，诗与远方无处不在。

一杯茶，一盅酒或者一个话题，一群志同道合的人就可以饮尽夜色畅谈无阻，让思维天马行空般肆意张扬，把眼前的苟且过成诗与远方。那是因为这一方土地本身就充满诗意，置满了瑰丽的诗句。但更重要的原因是这样的一群人，他们的胸中有诗有远方，有山水，始终坚守那份信仰，为自己的兴趣爱好孜孜不倦，无拘无束地追求那种精神自由与释放，尽情书写属于自己的洒脱人生，诚如古人不远万里追寻一份心中的宁静和安逸。

时代的脉搏快过历史的脚步，来去之间，已是百年千年。改革开放四十多年，使一个城市发生了翻天覆地的变化。但无论街头巷尾，总能时不时发现曾经遗落的影子与声息，骨子里传承下来的始终不变，无论历史过去多久多远，他们的后辈依然会沿着古人遗存的脉络追根寻底，念想那份原始的真！也是因为在这一方古老文明的土地上曾留下无数内涵深刻的足迹，倾注了无限的诗意。

如此说来，也难怪他们能够闹中取静，潜心修养，将简单的生活过得行云流水一般，自由自在地徜徉！

是啊，生活何止眼前的苟且，还有那奔流不息的曾经拥抱的梦想。生活在这座满载诗意的小城里，只要我们放下庸俗的欲念，心怀日月山河，生活有诗，人生有远方，那么何处不是你的诗和远方！

2017年4月28日

游诸葛八卦村

公元280年，晋武帝司马炎统一中国后，那位令敌人闻风丧胆的军事家、政治家——蜀汉丞相诸葛亮的忠贞不贰与治国才干，为当时朝野上下所交口称赞。因此，其孙诸葛京被擢用为江州刺史。其后，京之子孙历仕晋、隋、唐各朝。亮十二世孙诸葛爽，任河阳节度使兼中书门下平章事，唐光启二年（886年），爽死，其子仲芳袭承之，仲芳子诸葛利在五代后周广顺二年（952年），因避中原战乱，与弟弟深携眷属渡江，深入闽，利入浙，宦游山阴（绍兴）而后任寿昌县令，卒于寿昌，是诸葛氏浙江之始祖。

利子青由寿昌徙居兰溪西陇之砚山下，生育六子，第三子承载原住砚山下，传至第廿六世仍字辈梦漕，迁居葛塘。到了第廿八世大狮公（武侯公廿七世孙），乃觉葛塘地面狭窄，遂迁居高隆（即诸葛村），时在元代中期（1340年左右）。从此祖孙相承，世泽延绵，日益繁盛昌隆。而支派繁衍，几乎遍布浙东各县。

参加本次活动的有回山镇全镇的县党代表、县人民代表、县政协委员及部分镇领导。我们此行的主要旅游景点是江西的三青山，因为途经金华兰溪，加上今天的时间比较充分及八卦村的神奇，所以，八卦村的游览成了此次代表活动势在必行的项目。

——题记

在秋意未浓，盛夏的余热依然肆虐的季节里，我怀着对诸葛家族的无比崇敬，与我们的旅游团队一起踏进了兰溪古老神秘的八卦村。

临近中午的骄阳与汗水无法抵御浓厚的游兴，我们满怀激情地踏进八卦村的外围，立即就被高雅古朴的建筑吸引。

我似乎走进了一个古老的年代，看到了诸葛先生选择了这片温暖祥和的宝地。然后，走阴阳、踏九宫，按八卦方位开始布局定基，兴工动土。建起了一座座雕梁画栋、重檐歇山顶的古建筑。一座座大厦千姿百态，风格优美。那如云的大厦房舍高下，错落有致；巷道交通，八方呼应。位于村落中心的钟池，似太极阴阳鱼形图，八条小巷向外辐射，形成内八卦村。村外八座似连非连的小山，形似八卦的八个方位成了外八卦，将村中大厦环抱怀中。

我们边游边欣赏，同时了解到明朝中叶，诸葛家族子孙日益繁衍，经济日益富裕，建房越来越多，村落越来越大，但是总体格局一直是九宫八卦图。而大公堂、丞相祠堂等十八厅堂建成后，八卦村格局越趋明显，堪称中国建筑史上的奇迹。

至清代康、雍、乾时期，诸葛家族因善于经营中药业，财富积累迅速，就重点投入营建家园。一时间，华堂大厦、厅堂、楼阁如雨后春笋，蓬勃兴起。据统计，当时精致大厦有二百多座，两进、三进、五进厅堂共十八处，庙宇四处，石牌坊三座，花园别墅两处，宏伟精致建筑环绕十八厅堂，鳞次栉比。

到了清末民初，各居民小区初步形成。有沿水塘水井而居的，有田园风光式的，有闭合式的，有沿山沿路沿街式的，形式多样，异彩纷呈。二十世纪四十年代，诸葛村的商业中心由旧市路迁徙至交通便利的上塘附近，诸葛村的经商者和设计者在上塘的四周和下塘两面，在水塘中打木桩、砌石条，用木料营造了风格独特的水上阁楼，形成了繁华的商业中心。

村中建筑千门万户，面面相向，背背相承，巷道纵横，似连却断，似通却闭；陌生人贸然进村，常常不得其道而入，不得其径而出，盗贼到此，往往束手就擒。由于诸葛村的民居民宅建筑是由两个相连的八卦组成的，并且坐落在四周的八座小山之中，因而被誉为"八卦奇村，华夏一绝"。

我们一路游览，一面听导游讲解，一面欣赏诸葛村独特的建筑风貌。

在经过丞相祠堂及大公堂的时候，不由为它的风采所折服。丞相祠堂是这支诸葛氏的总祠，它占地面积达一千四百平方米，而且规格高，形制特别，十分壮观。它的门庭、廊庑和供奉诸葛亮神主的享堂，组成一个"口"字形，在它的正中，造了一个非常高大的正方形"中庭"，组成了"回"字形，用于举行祭祀仪式。这种祠堂形制是兰溪特有的，诸葛村的祠堂是其中最宏伟的一座。大公堂是一个十分特殊的礼制建造。它为纪念诸葛武侯而建，位于村落中心，坐北朝南，前面有一个叫钟池的大水塘。大公堂五进三开间，大门牌楼式，方形柱子，黑漆大门，层层斗拱出挑，正门当中额枋上有白底黑字"敕旌尚义之门"的横匾。大门两侧次间粉墙上有楷书"忠""武"两个大字，因孔明死后，后主曾谥诸葛亮为忠武侯。门厅前有一个小院，矮墙相围，在侧前方有一个四角台门，在大片的白墙灰瓦、一波碧水的映衬下，这组建筑格外绚丽夺目。

大公堂内，两边介绍的是诸葛氏从诸葛亮父亲诸葛珪开始的世系表和诸葛村历代名人简历。三进大厅太师壁上写着武侯的《诫子书》，其中名句"非淡泊无以明志，非宁静无以致远"早已是中国文士的座右铭。最后一进，中堂正中高悬武侯公的画像。

一代名相诸葛亮，不仅集政治、军事才能于一身，而且是智慧的化身。在当时天下四分五裂、诸侯纷争的年代，他运用聪明才智，运筹帷幄决胜于千里之外，所向披靡，稳固了刘备的蜀国霸业，促成了三国鼎立的局面。

诸葛亮是诸葛氏的骄傲，也是其子孙学习的典范。他们谨记祖上遗训：不为良相，就为良医。兢兢业业创业，诚诚恳恳做人，勤奋好学，遗传了祖上的聪明才智，不仅创立了辉煌的家业，而且为人们留下了一笔丰富而珍贵的遗产。

2007年7月8日

天姥连天向天横

素有东南眉目之称的天姥山就在我的家乡，作为一座文化名山的儿女，我深感荣耀与自豪！

一直以来，我只知道自己的家乡是新昌，一个在中国版图上很难寻找到的山城小县。许多中国人更是对新昌闻所未闻。我曾经与许多中国人一样，被李白的一首《梦游天姥吟留别》深深地烙下天姥山的印记，却一直不知道她身处何方。直到有一天，我惊愕地发现，天姥山就是生我养我的那方神圣土地，我的心中是多么感慨与激动！

从此，我便痴迷地爱上了这片灵山秀水！我便慢慢地去熟悉她，摸索她，贴心地呵护她！

从谢公道到惆怅溪；从万马渡到拔云尖；从唐诗之路到文化名山……一个个神话般美丽动人的故事，一处处如诗如画的旖旎风光！

天姥山如一条苍龙盘踞于浙江东南，翻开天姥山的扉页，如行云流水的故事一泻千里。

你看，这条苍龙头枕着南面的天台山，尾巴伸进了北部的杭州湾，左脚踏在东边的宁波平原上，右脚蹬到了西边的剡溪水中。

就这样安逸地沉睡着，也不知沉睡了多少年。是几千年，是几万年，或者是更为遥远的几亿年。都不是吧，它或许沉睡了更为悠久的历史，或许可以说，是与地球同龄吧。

或许，那时的新昌太渺小，太贫瘠。也可能那时是一片荒凉，根本就没有新昌这个小山城。或者说，"只缘身在此山中"，所以谁也没有发现这条呼呼大睡的苍龙。

时间演绎着事物的发展与变化。公元429年，终于有拓荒者来到这里，他们手拿刀斧"尝自始宁南山伐木开径，直到临海"。

是谁有这闲情雅致，居然在苍龙的胳肢窝里挠痒痒。原来是南朝诗人谢灵运，是谢公啊！他发现了这条沉睡的苍龙，拍了拍它的身子，巨龙翻了一个身，睁开了一只眼睛，迷迷糊糊的，还是想睡。

此时，正值南朝宋元嘉间，朝廷听闻了天姥美名，遂遣名画师楷模山状于团扇中。

"暝投剡中宿，明登天姥岑。高高入云霓，还期那可寻。"谢公怀着对天姥山这条巨龙的喜爱，轻抚其触须，抛下小诗，留下一条古驿道——谢公道，匆匆而去。

谢公这刀斧一挥，挥就一道促进浙东与浙南经济往来频繁的商贸渠道，更为重要的是促进了佛教文化的发展。同时，为后来的唐诗之路投下了激荡波澜的一石，为这条苍龙的腾飞掀起了第一浪。

谢公这一浪一直漾到了隋唐时期，波及了众多文人墨客及山水痴迷者，牵动了"诗仙"李白深厚的山水情绪。"此行不为鲈鱼鲙，自爱名山入剡中。"可以说，李白对这条苍龙情有独钟。他"一夜飞度镜湖月"，人未到来梦先至。他饱蘸剡溪水，想象联翩，泼墨天姥山，书就了一幅气势豪迈的画卷，点亮了天姥山的所有明灯。以梦幻梦，幻成人间仙境。他用一支生花妙笔点缀了这条苍龙，使它一跃而起，跃然位居名山之列，留下一曲千古绝唱——《梦游天姥吟留别》。

这巨龙被一笔托起，摇头摆尾，雄踞一方。势拔五岳，倾倒赤城。使威名显赫的天台山臣伏脚下，焕发了天姥山最完美的青春，成了天姥山最坚实的一块里程碑！

自此，李白陶醉其中，流连忘返于斯。天姥山这一处世外桃源成了李白最完美的一个梦！

而这颗被点燃的明珠，在云霓中闪烁其身，吸引着无数的寻求者。

被李白称为"风流天下闻"的孟浩然，因进士落第，失意东归，自洛阳而至吴越，垂青于天姥情怀。

"诗圣"杜甫来了。他留下了"剡溪蕴秀异，欲罢不能忘。归帆拂天姥，中岁贡旧乡"的诗句，怀着一种不可磨灭的山水情怀而慨叹天姥之壮丽。

紧接着，白居易、刘长卿、孟郊、朱放、钱起、卢纶、许浑等一批批文人墨客相继而来。

"东南山水，越为首，剡为面，沃洲、天姥为眉目。夫有非常之境，然后有非常之人栖焉。"白居易一锤定音，进一步肯定了天姥山的美景及文化地位。加上后来者不断地抬爱着天姥山，使其光环闪现，辉煌至顶，促成了高雅的天姥文化，开创了一条宽阔的唐诗之路，开辟了一条通往精神领域的路径。

时间创造辉煌。一代代的文人墨客以精美的篇章给了她无上的荣耀，不断渲染她的光辉形象。

一方水土养活一方人，一批诗人为她铺就一条光明大道。从此，这里流淌的是琼浆玉液。她的子民一直以此为荣，她也为他们创造了一个赖以生存的更加充分的理由。

天姥山，这座以高雅著称的文化名山；这个在南朝前曾经人迹罕至的地区；她的头顶蓝天依旧，那飘浮的白云依然贴心地呵护着她。在美丽光环的映照下，她越发熠熠生辉！

当你在一个碧空万里的清晨站立峰顶，雄视绵延不绝的群山，你就能明白什么叫作"天姥连天向天横"，就能明白"势拔五岳掩赤城"的雄壮气势！看，白云翻飞，一轮红日在瞬息万变的云层中冉冉升起时的惊世骇俗美景；当你看到万马渡那数以万计的巨石，在袅袅烟雾中如万马奔腾的壮观景象；当你……"诗"概括与诠释了"山"的全部含义，"山"诠释了"诗"的所有字义。"诗"与"山"竟是那样的默契、完美！此时，你就明白了人们流连忘返的原因，也就真正感受到了天姥山的无限魅力与神韵！

曾经，一直以为江南秀美委婉，缺乏西北的大气磅礴；一直以为要写出雄浑笔调，唯有选择大漠戈壁或者一望无际的草原，以为只有这样才能显示出那种大海般的雄壮宽阔与不可一世的浩荡场景。可天姥山让人们知道了江南也有着西北草原与沙漠的大气磅礴，有着风情万千、雄壮无比的豪迈！

青山不老，万古长青，天姥山这座永远充满神秘与活力的文化名山，在不断地走进人们的视野，而大批的人群流连忘返，挖掘着她的无限魅力，充盈着自己的精神领域！

　　是啊！天姥山是一座灵秀的山，任何赞美的语言都不能表达她的完美，只有当你身临其境，去慢慢欣赏她的婉约娇羞，去慢慢感悟她温馨的心跳时，才能真正感悟到她精神饱满的生命内涵！

2007年7月8日

又见柿子红

"柿子红了，蓝天白云下的柿子红是一道很美的风景，我们拍照去！"朋友兴冲冲地邀请我，一下子让我想起许多往事来。

我的老家以前好像没有柿子树，在我的记忆中，最早知道柿子是在我的儿童时期，是在外婆的三角屋里。

外婆的三角屋就在旗杆台门（敬胜堂）右侧偏门的对面，面积不过十来平方米，两层小楼。一楼靠后壁有一小土灶，紧邻上楼的楼梯，楼梯呈角尺形，而且很陡峭，上楼得小心翼翼。二楼就面对面铺着两张床，一张大约是一米五的小木床，另一张其实就是一对藏谷的柜子。正前方有一个小小的门窗，正对着旗杆台门；床右侧有一个小门窗，朝着东南方。整个房子布局十分紧凑。冬日的晴天，阳光一早透过缝隙射进来，我就举起小手在阳光中挥舞，总想把阳光握在手心里。

小时候去外婆家，我们就喜欢与外公外婆睡在一起。外公八十三岁那年走了，留下外婆一个人住在三角屋里，而我们几个孩子每次去舅舅家，就喜欢跟外婆挤在一起睡，冬天天冷，就抱着外婆的脚，外婆也总是很开心，对我们爱护有加，总说我们乖。外婆九十五岁时离开人世，记得那年我儿子宋宋一周岁两个多月。

那时候，只要跟外婆在一起，她总是会拿出些零食给我们吃，如小糖、酥糖、柿饼等。印象中，柿饼是最好吃的。记得有一年春节，我跟外婆睡，外婆拿出一个纸包，外面一层是一张报纸，打开报纸后还有一张淡黄色的纸，里边有一些扁圆形的东西，外面有一层白色粉霜，外婆递给我两个，我从没见过柿饼，就问外婆是什么，外婆告诉我说是柿子晒出的干，很好吃的，她也喜欢吃。外婆帮我吹了吹粉霜，我咬了一口，又甜又软，真的是很好吃的美味果品。长大后，每次去看外婆，也带一点柿饼给她。

虽然，这些话题已经很久很老了，但柿饼在我的心中留下了很深很好的印象，而且每当见到柿红就会想起外婆，勾起一些在外婆家的童年往事。

后来因为工作，在我所在的山区乡镇那边发现有不少柿子树，但平时一直很少关注到它们，因为柿子树是一种普通的树，而它的花季也不像其他果木把花开得满树怒放，它那浅黄色的小花几乎不让人察觉，就那么安安静静，默默无闻。结出的果实与树叶色调一致，藏在叶下。直到秋分前后，高高的枝条上黄叶飘零，才会显露出红黄相接的果实，仿佛一夜之间突然冒出来一样。那个时期，在我们上下班的途中，或者是下村工作的地方，村前屋后，田间地头，山脚下，公路边，那柿红随处可见，只是让人感觉刚刚还是叶茂果青，一下子便果熟色红了，大约是这秋风催得紧，一急这果实便涨红了脸。

"桂花已是上番香，枫叶飘红柿叶黄。社日雨多晴较少，秋风昼热暮差凉。"时光流逝,夏秋交替。那些红默默潜藏在秋风的脉动里,只是我没有觉察而已。其实早已经是"柿叶翻红霜景秋"。

如今,每当柿子红时,微信朋友圈里就会出现各式柿红的照片,那深色的红被苍老的枝条高高举起,与色调古老的村庄形成明显色差,仿佛一幅拓印在蓝天白云里的山村图画,尽显无限秋意,诗意而沧桑,竟然那么动人、那么亮丽,深深地夺人眼球,仿佛这个秋天的美只属于那一抹柿子的红。于是,各种因柿而生的谐音表达不断冒出来,如"柿柿(事事)如意""每柿(时)每刻"……然而,许多时,并非如人们所希望的那样"柿柿如意"。记得前些年,因为有媒体爆出柿子是结石的罪魁祸首,于是一场因结石而来的风暴席卷柿林,一夜之间,那些爱柿的粉丝便弃柿而去,柿子被打入冷宫,不再为人们所青睐。上百万斤柿子滞销,柿林里落红满地,一片悲凉,柿民们叫苦连天,遭受惨重损失。

其实,我们完全不必那么惶恐,柿子是有很多药用价值的,它有清热、润肺、生津、解毒、降压等多种功效,而且柿子营养价值很高,含有丰富的蔗糖、葡萄糖、果糖、蛋白质、胡萝卜素、维生素C、瓜氨酸、碘、钙、磷、铁等。这么好的果品,不吃岂不可惜了。其实,许多食物都有其不足之处。因此,只要掌握它与其他食物相生相克的知识,注意食用的方法,你就可以放心地享用。

前些日子,路过罗溪村时,见路上时有挂满成熟柿子的树,那甜美的果汁勾起我强烈的食欲,便想起退休在家的金海师傅,致电询问有没有柿子采摘,金海师傅欣然邀请去他家地里采摘。

于是，一行四五人跟他前去。我们绕过七堡龙亭依山而上，一路上，金海师傅介绍了柿子的品种、质量优劣以及采摘的方法等，他还告诉我们说：柿子的汁液可以用来制伞防漏。想不到柿子身上有那么多的知识，真是每一样事物都是一本书。大约步行了一公里，抬头便远远望见一棵高大的柿子树，上得一道山坡，穿过一地红枫树便到了柿子树下。金海师傅准备好采摘工具，他三下五除二便利索地爬上几人高的柿子树。我不禁暗暗担心他这把"老骨头"。而他，却如灵猴上树，稳坐树干，耐心地用自制的漏勺采柿子。"采柿子要在树梢尽头折下才不影响下一年生产，而且果实也不会受伤害。"他边采边说。不一会儿就采了满满一篮子，而他却意犹未尽，我们再三催促他才下得树来。

我取出一只成熟的红柿子，除去皮，只轻轻一掰就放进嘴里吮吸，那浓稠的汁液，那么甜美滋润！

"秋去冬来万物休，唯有柿树挂灯笼。"不知道这是谁的诗句，却把柿子点亮在这静下来的季节里，那种秋野落拓而空旷的意境，唤起我的无限想象。放眼山野，秋色尽染。那边稻谷金灿灿一片，山脚下的乡村宁静安详。抬头仰望，透过柿子树的枝条，蓝天上白云飘飘，一盏盏高挂的红色灯笼，恰似秋天点燃的丰硕的光华，在这色彩斑斓的季节里尽情燃烧！

多么美好的季节啊！不经意间，我们拿起手机，按下快门。那星星点点的灯笼，深深地烙在我的脑海中！

2018年10月5日

南洲，镌刻在时光扉页上的古村落

久闻南洲村古韵古味，却一直未能一睹为快，不想因为工作而来到这里，于是便有了许多探寻的机会。

"先有南洲丁，后有新昌城"，这句话在我们新昌一直流传，但仅凭一句话不足以证明这样一个事实。当然这句话也不是空穴来风，比如南洲的宋井、丁家祠堂、燕翼堂及丁崇仁墓等都有足够久远的历史。前不久笔者查阅了《新昌县志》《丁氏家谱》及一些相关史料，都有记载南洲历史之悠久的文字。

南洲古村，名副其实，就像一本藏匿在大山深处的古书。打开这本古书，尽管锈迹斑斑，晦涩难懂，却依然散发出一股古韵清香！扉页上断断续续的时光中镌刻的故事不仅历史悠久，而且耐人寻味。自东汉以来，点点滴滴积累的光斑中，渗透出南洲这个古村落的传奇色彩，既有隐匿的淡泊宁静，也有曾经的惊天动地！细细回味品读，足以成为一部窥视历史演绎的山村野史。

据《丁氏家谱》记载，南洲始祖丁崇仁在东汉时期（147年）出任剡县令，因遭遇战乱而隐居南洲以享山野之清净，垦治田园，繁衍生息，壮大南洲丁氏。自此，人丁兴旺，人才辈出，文武官员举不胜举。时至后梁开平二年（908年），丁氏敬礼公考虑到东南之遥远，念服役之艰难，率领一城父老，上书建立新昌城，故有丁氏栖居早于新昌建城的说法，且足足早了七百六十一年。

《丁氏家谱》里面记载着许多值得崇拜的祖宗先辈，其中的清官、乡贤、节妇、耆德，都是子孙后代效仿的模范，这里就不一一展开了。除了家谱史志记载之外，坊间传说的故事更为精彩。

例如南洲丁氏修筑城墙，招兵买马举兵起义的故事。话说南洲村建村于菩提峰北麓，处于三面环山的位置。菩提峰海拔九百九十六米（为新昌第一高峰），且处于崇山峻岭之间。若把南洲村口唯一的路口挡住，就形成了易守难攻的地势。当年南洲村人口到了鼎盛时期，据传人口上万，烟灶达三千多。那时（大约明清时期）村里出了个草头王，因见朝廷腐败，民不聊生，就筑城自守，招兵买马，凡来投诚之人只进不出。后带兵一路攻城略地直到杭州，终被官府用计杀败，全军覆没。

南洲村曾经的故事渐渐远去，尽管历史不再，但现存的那些文物古迹中，却依然隐现当年的风骨。当年丁氏祖先承建的丁家祠堂、慎德堂、燕翼堂以及保存完好的丁崇仁古墓、宋井等古迹，虽历经沧桑，但不难看出当年丁氏之辉煌，特别是三个祠堂，其建筑风格古朴精致，结构严谨，大气俊秀，十分科学。而那口宋井，更是别有古时模样，其井台外围刻有文字，沿口上的凹凸不平处，据说是当年刀枪磨砺所致。倏忽间，如有刀光剑影穿透平静的水面，又似乎浮现出打水的村姑笑吟吟的脸庞！

正所谓"今人不见古时月，今月曾经照古人"。一处古屋，一口古井，或者一棵古树都值得我们去猜测推敲，总是充满神秘感！

当年，崇仁公隐逸此地，淡泊明志，其主要原因是南洲不仅远离尘世，而且此地山清水秀，芳草萋萋，菩提峰在当年已经声名远扬。据说当年南洲有八景：玉丝悬瀑、仙洞飞霞、龙缠古柏、烟锁螺岩、板桥望月、麦畈耕云、菩峰拱翠、洲水环清。这八景是古代村里的秀才归纳出来的，那些名称听起来就充满了诗情画意。村口有石龟，头、足、尾皆备，前面有小潭，潭有岩蜿蜒如蛇，石龟旁有石笔，有诗咏之曰："怪石脩然数仞青，化工分巧付山灵。白云扫尽秋空净，写出文章耀日星。"石龟、石笔都是天然自成，是大自然的神奇造化。如此之地，宛如世外桃源，难怪崇仁公会选择此地。

只可惜这么好的自然景物，却曾遭到破坏，包括村子南边那几棵几百年的古柏。让人痛心不已！

如今的南洲村已经随着时光的流逝，改变了古村的模样，但依然魅力不减。高耸的菩提峰直插云霄，巍巍罗坑山如一道屏障，兀立在南洲村的东北方，春华秋实，物竞天择。南洲溪一年四季清澈长流穿村而过，"南洲罗汉"在老百姓的赞扬声中声名远扬。当人漫步在南洲村狭长的里弄小巷里，或者穿行于那条布满鹅卵石的"九曲墙弄"时，那些摆放在路旁的石头上，时不时回响起村民的笑谈与吆喝声。那些现代的小洋房里却会隐隐约约散发出令人回味无穷的古韵古味来！

前不久，一群来自绍兴各县市的诗人、作家，一踏进这座古村落，便如同在翻阅一本古诗词，细细推敲品味起来，一口古井，一座古祠堂，或者是一条流淌千年万年的小溪流……都让他们那么兴致盎然，他们似乎已经流淌到曾经的故事中，一点一滴地品味那种遗落在历史扉页里的古韵味！

东汉距今已有一千八百多年，历经了多少的祖祖辈辈，但在历史的长河中，不过流星一闪。曾经的一景一物大多已经湮灭，纵然有幸留存的也大多残缺不全，但正是这些残存的遗迹使我们有了想象的空间！

南洲村依然身处大山深处，在崇山峻岭的怀抱之中。这个典型的具有山区特色的古村落，一年四季，美不胜收。透过那些文物古迹，那些曾经的故事在时光的掠影中熠熠生辉，在一代代村民的传说中，活跃在山水之间，奏出优美抒情的乐章！

2016年10月2日

八天八夜

父亲真的老了，连路都走不动了。用"风烛残年"来形容他，一点都不为过。但用这么残酷的词语来形容自己的父亲，却实在于心不忍，心里不禁隐隐透出一丝丝凉意，毕竟父亲才七十七岁。

近两年来，我最怕接到老家的电话，一接到电话就先怕三分。每一次接听电话总是提心吊胆，疑虑重重，生怕家里发生什么事，但该发生的终究还是要发生。

去年腊月二十八晚上，我正好轮到单位值班。大约七点多，我接到家妹的电话，心里就有些不踏实。果然，妹妹告诉我，她接到母亲的电话，说父亲口吐鲜血晕倒在地上了，妹夫正赶往父母家中。我立即向领导请了假，心急火燎往城里赶。一路上，我默默为父亲祈祷，心里闪过各种不祥的预感，竟担心万一……也不知道怎么就到了人民医院。

妻子与弟弟、弟媳已经在急诊室门口候着，旁边还停着一台抢救车，站着一位护理人员。弟弟告诉我，刚与妹夫联系了，说已经在南复线了，医院方面也联系好了。大家心情沉重，没有多说什么。过了十来分钟，看到妹夫的车子驶过来了，大家立即围了上去，打开车门，父亲躺在副驾驶座上，借着幽暗的灯光看到父亲脸色苍白，气息微弱。我唤了一声"爸"，就一把抱起父亲，大家忧心忡忡地把父亲扶上抢救车，就朝急诊室推过去。

立即有医生、护士围过来，一边询问病情，一边开始抢救。心电监护、氧气、吊针，该上的都上了。接着就是抽血化验，可手脚上血管太细，怎么也找不出来，就只好到股动脉抽血。一个粗大的针头，一针扎下去，父亲惊了一下，可是护士搅来搅去，就是抽不出血来，父亲痛得扬起身子，而那痛却痛在我的心上，我不由自主地握紧拳头。那护士眼看自己不行，就跑出去叫了另外一位，那位护士换了另一边的位置，一下找准血管，抽了满满一管血。

第一晚也查不出结果，初步诊断为严重胃出血，只好先以吊针止血为主。医生说情况不容乐观，不知道能不能止血，如果止不住就要动手术，那样危险系数很大，因为病人出血太多，身体太虚弱了，而且有不少老年病。但具体要待第二天进一步检查后再做决定。我们办好了住院手续，把父亲转到病房中。安顿好时已将近凌晨一点，弟弟说当晚由他照顾。妹夫因家里开着旅馆太忙，我们就叫他先回去，告诉他有事情会及时与他联系。

第二天一早，妻子先去了医院换下弟弟，我过去时，她正为父亲擦洗身子，说父亲尿了床，已经给他换过裤子，换了床垫。医生查看后，我们就把父亲推来推去，B超、心电图、磁共振等逐一检查，该查的都查了，就是胃镜暂时不能做，因为太虚弱。医生进行了会诊，结果与当晚的差不多，说要待明天做胃镜后来确定治疗方法，但也担心病人体质。在说明了病情的不确定性后，我怀着沉重的心情，犹豫地签署了几份责任协议。妹妹也从回山赶来，想到妹妹家忙，下午就叫她回去了。

一整天，父亲依然非常虚弱，神志不清，连吐痰的力气都没有，吐出来的痰带着污血，浓稠异常，我们用纸慢慢把它揩出来。这一整天就是打吊针。不吃不喝，口干了就用药棉蘸水擦嘴。几次小便失禁，妻子耐心地为他擦洗更换。时间过得很慢，空气也那么压抑。到了下午，父亲似有好转，尽管疲惫憔悴，但与我们有了简短的交流，大家的心情也有所好转。晚上，妻子说要留下来照顾父亲。

第三天一早，妻子来电说要去做胃镜，我连忙赶到医院，妻子与弟媳已经把父亲送去胃镜室，并开始做胃镜了。父亲痛苦地干呕着，我顿时觉得沉闷起来，医生一边安慰父亲，一边叫他挺住，二十分钟过去了，三十分钟过去了，胃镜继续做，父亲痛苦地煎熬着，挣扎着，看他那么可怜，而我却无能为力，内心像被刀扎一样，我多想叫医生停下来不要继续做了，可又不好开口，也不能开口。但我实在看不下去了，便带着五味杂陈的心情走出胃镜室，为父亲默默祈祷着。将近五十分钟后，终于好了。我们把虚弱的父亲抬到抢救车上，一颗悬着的心才慢慢落下来，也为父亲的坚强感到一丝骄傲！后来我才知道原来是做了一个微创手术，把那根流血的血管两头用钳夹住，阻断继续流血。难怪用了这么长的时间。

这天晚上，由我照顾父亲。照顾病人我也曾有过几次，可从没有这次这么累。吊针一直吊着。我不时为父亲干渴的嘴擦水，一会儿，父亲咳痰，我用纸接着他的嘴叫他吐出来，可他哪有吐痰的力气，我就从他嘴里把血痰揩出来，里边揩不出来的就用棉签蘸水擦干净。还时不时地问父亲要不要小便，有时他能用微弱含糊的声音正确地告诉我，我就用尿壶接着；有时我问他时，他已经尿床了，我就为他擦洗身子，把衣裤、床单等换掉。看起来，父亲好像没有太大痛苦，其实，可想而知，一个人经历了大出血，又几天没吃没喝，该有多大的痛苦。这一整夜，我就没有消停，无微不至地照顾他，可还是疏忽了，大约两点多给他换床单时，发现输液管软管脱落了，床里边、衣裤上、床单上一摊的血迹，还伴有未干的血块，让我又惊又怕，心里很自责，都怪我粗心。而到了五点多时，父亲咳痰，我去给他擦时，不想他一张嘴，就吐出一大堆血块，我用双手捧着，足足有一碗，我真是又痛心又担心，可护士也没有办法，只能等医生上班时再说。后来判断是胃镜渗出的淤血。此后血才真正地止住了。

这天早上，护士和每天一样又来抽血，我坚决不同意，说病人失了这么多血，还天天抽血，护士只好把医生叫来。医生说抽血是为了检查凝血的情况等，我才勉强同意。查房时，我反映了夜里出现的情况，并要求给父亲输血。

一夜没睡，实在累得不行，刚回到家，单位同事来电说与领导一起来看望父亲，我便又折回医院，内心很是感激领导同事的关心，大年三十，还来看望家父！

父亲输了血后身体明显好转，神志也清醒了，就是太虚弱。下午时，医生说可以喝点米汤，我们给他喂了小半碗汤。

就这样，白天基本由妻子与弟媳照顾，晚上由我们兄弟轮流照顾，一些亲友陆续过来探望。父亲一天天好起来了，经历八天八夜的磨难，正月初六那天，父亲出院了。

八天八夜，在这个年关期间，我们几个人心系一处，在父亲与命运的抗争中，大家轮流作战，悉心照料，给他擦洗，给他喂食，给他温暖，毫无怨言，使他终于战胜了死神。尽管这个年关给了我们巨大的压力，大家又累又担忧，但是父亲的康复使我们感到十分欣慰。

其实，父亲是一个非常坚强的人，他从三十多岁开始就罹患胃病，而且比较严重，由于那些年生活比较困难，一直没有好好治疗，以致落下病根。此前，他已经有过两次严重胃出血，以至于如今与许多同龄人相比，他的身体状况相差甚远。四五年前检查出脑萎缩，略有老年痴呆症，而且小便失禁，但身体还算健朗。这两年来，得了一些老年病，如高血压、心血管病等，于是身体状况每况愈下，一年不如一年。特别是这两年里，他的步履越来越慢，胃口也越来越小，连站立都不稳了。这些与他长期用药有关。

几十年来风风雨雨，父亲带病劳动，战胜生活的困难与压力，与母亲一起含辛茹苦把我们几个孩子抚养成人。而不知不觉间，父母都已经成为古稀老人。想到许多年来父母的艰辛劳苦，那种对子女无微不至的关爱与支持，不免内心悲苦，感恩之心无以言表！

如今，一向开朗幽默的父亲变得沉默寡言，反应迟钝，记忆力越来越差，步履蹒跚，弱不禁风，变成了一个老小孩，可他依然一如既往地想着我们，关心我们！

2018年10月8日

双抢

　　"双抢"已经成为家乡一个过去时代的产物，对许多年轻人来说可能闻所未闻，至少我儿子这一代人不知道什么叫"双抢"了。尽管"双抢"时代已经远去，但那些昨天的故事总是那么耐人寻味，每当回想起来，总感觉有无限的美好！

　　在那个年代，"双抢"是农事中最繁忙的时刻，即抢收抢种，收的是早稻，种的是晚稻。抢的是季节，抢的是收成，更是乡亲们的感情。

　　记得那些年，刚刚开始"单干"，农民的干劲十足，而相互间在农事上互帮互助亲如一家，特别是"双抢"期间，更是亲友相帮，邻里互助，挨家挨户争分夺秒抢种抢收，干得热火朝天，忙得不可开交！

　　老家粮田不多，大约人均不足三分。我村的稻田基本在村前门口畈，这个畈田是"农业学大寨"时改造出来的，是我村最好的畈田。那时候水稻的产量不是很高，亩产不过八百来斤，单凭一季水稻的收成还解决不了温饱问题，因此，家家户户都种植双季稻。不像如今，成片成片的茭白替代了水稻，而农民依然丰衣足食！

"晚稻不过立秋关"。也就是说，晚稻必须在立秋前完成插秧，否则收成就会减少。

季月烦暑，烈日炎炎。大约在立秋前十来天，整畈整畈的稻谷不知不觉中已经金灿灿的一片，一畦一畦连成一幅金色的图画，远远望去，宛如一片金光闪闪的湖泊。此时，一场时间争夺战迅速拉开序幕，门口畈就成了"双抢"的主战场。

"双抢"开始了，全体村民，不分男女老幼全部上阵，大家经过合理分工，有条不紊。一般来说，男劳动力主要负责重体力活，如挑谷担，打稻谷；妇女小孩一般负责割稻，递稻把；一小部分妇女负责晒谷。

那些天，天才蒙蒙亮，我就被父母亲叫醒了，一家人匆匆忙忙吃了早餐，换上干活的旧衣服，戴上笠帽，带上镰刀，挑着箩筐等工具，和帮忙的亲朋好友十来个人来到田里割稻谷。大家蹚着水，割稻的割稻，打谷的打谷，一下子轰隆轰隆的打稻声、说笑声、催促声把一个宁静的早晨闹翻了。大家全都忙活起来，打谷的速度来得快，割稻的拼命割，你追我赶，那场景真是斗志昂扬。不知道什么时候，整个畈田上东一处西一处到处是割稻的人，东边西边，大家相互吆喝问询、呼叫声、欢笑声此起彼伏，快乐、和谐的空气中溢满了浓浓的乡情！

太阳已经偷偷地升得老高，立秋前后的太阳是最凶猛的，热辣辣的阳光直往身上烫，脚下的水也越来越热，感觉滚烫滚烫的。就这样挥汗如雨，直到口干舌燥，这小腰竟直不起来了。冷不防还有蚂蟥吸上脚来，慌忙伸手去拉，竟然弹簧似的一伸一缩，撩得人心慌意乱，直吓得不知所措地大叫起来，把一旁的大人乐得哈哈大笑，只上来在腿上轻轻一拍，那东西便掉落水中。时至半晌，母亲送来点心，大家就地休息，随意在滚烫的浑水里洗一洗手，就吃起来，点心吃完休息也就结束了，大家又忙碌起来！

不到半天时间，一亩多田的水稻便不见了！割完稻，空余的人撩起稻草，一堆一堆把它们放在田埂上晒，以待晒干后挑回家垫猪栏做肥料！男劳力就回去挑肥料到稻田里，一般一亩水田十来担。

吃了午餐，稍微休息下就出工了，除了两人到田里去犁田外，其他人去秧田拔秧苗。其实是一人犁田，一人掏田角，村里管这叫"做泥作"，因为边边角角是犁不到的。犁好田就把肥料摊到稻田里，然后用脚踩下去，再略施一些化肥。这样基本就可以种水稻了。其实拔秧苗也很讲究，既要拔得快，又不能伤了秧苗，要从根处往上拔。技术好的两手左右开弓，一会儿，两手一拼用绳子一扎就是一个秧把。扎绳子也有讲究，不能太松，也不能太紧，太松了绳子就会脱落，太紧插秧时会扯断秧苗，或者开始时秧苗扯不出，影响插秧的速度。

开始插秧了，一般一人插六簇一行。父亲说"种田种田就是插出'田'字"，六簇秧苗组成无数的小"田"字就变成整齐的田了，插秧以眼看为准，要做到心眼合一、横平竖直，无论横的竖的只要看牢三簇对齐，那么就能种得很漂亮了。我试插了几行，不一会儿就弯来弯去找不到北了。就这样，几个人一人一行，很快，一畦田就变成绿油油的了！

就这样大家默契地干着，没有人偷懒，没有人推辞。短短十来天，整个畈田变换了季节，刚刚还是金灿灿的，一转眼却已是绿油油的了。大家张家帮李家，东家助西家，乡亲们用他们的纯朴善良织就一幅幅和谐、完美的田园图画。尽管"双抢"期间起早贪黑辛苦劳累，可大家依然乐在其中互助互爱。

时过境迁，尽管"双枪"已经过去三十多年了，当年的情景却依旧清晰，可这么热情洋溢的场景再也难以碰到了！

2016年3月8日

峰谷林间的一方净水——埝塘湾

　　记得朱自清先生写过一篇叫《梅雨潭的绿》的散文，是一篇专门书写水的文章，记录了仙岩梅雨潭水的清澈美丽，先生兴致勃勃，赞赏有加。梅雨潭我没有去过，也不知道究竟有多美，只是根据先生的文章加以想象。但据说梅雨潭的水已经大不如前了！

　　在我的故乡却有一处人见人爱的水库——埝塘湾，想必应该堪比梅雨潭之美！称之为水库或许太现代，称之为天湖又显得太大，其蓄水不过十三四万方，那么我姑且把她叫天池吧，而且这名称也恰如其分。因为，其所处位置在烟山大地上较高处的天灯盏西北侧之山肩上，其海拔近七百米，而烟山的平均海拔是四百多米。

　　去埝塘湾有许多条路，可驱车从官塘村沿官塘山蜿蜒至池边，沿途还可以欣赏石和尚、石鳖等；假若步行，从旧住自然村出发为最近路，一路经胡公殿、旧住山、白岭头就到了埝塘湾，一路走茶园便道，穿田间小路，悠悠然诗意横生，妙不可言！

埝塘湾之美，环境幽雅，林木青葱自不必说，其美就美在其水，其水至清、至静、至蓝、甘甜！无论春、夏、秋、冬，其水至清，一尘不染，纯净如甘霖，清澈可见十来米之深；其水至静，浑然如玉，从无惊涛骇浪，从不赶潮争流，静置峰谷林间，独善其身；其水至蓝，天水一色，蔚蓝一片，蓝得纯净自然；其水甘甜，一饮便知，如琼浆玉液，酣畅淋漓！之所以如此之美，是因为天池之水来自天灯盏高山之巅的甘泉，其一年四季，源源不断喷涌而出！"君不见黄河之水天上来"，其实，来自天上的岂止黄河之水？这天池之水除了泉流，吸清风饮甘露共天地酝酿，才能如此精美莹润，才能一年四季从不枯竭！

　　当然，还有这一方灵秀的山水，在整座山四周竟拥有那么多奇异的天然景观：天灯盏、棺材潭、圆珠潭，还有石和尚、石媳妇、石棺材、石鳖、石龟、石熊猫……一个个栩栩如生，妙不可言。想必此间曾为神仙境地。每当见到此水，就会赏心悦目，浑身轻松，一种无比的释怀，一种返璞归真的感觉，心灵得到极大的抚慰，如找到了冥冥之中的归属！

　　记得去年夏秋之际，我与一行大小七八人到回山游玩。午饭后，我有意领他们前去埝塘湾一睹其风采。我们从官塘村驱车前往埝塘湾，在官塘山碰到了几位朋友，便相邀一同前往埝塘湾。一见此水，大家一片惊叹，赞不绝口，纷纷拍照留念。有一对母女更是喜不自胜，陶醉其间，笑盈盈地来到水边嬉水。那情那景美不胜收！

　　回家后，我在微信朋友圈发了一组池水的照片，没想到不过两小时点赞的朋友竟有一百多人，许多朋友还追问在哪里，要亲临其境，一睹芳容！

此水只应天上有！这不是梦幻。谁也不曾想，在这近七百米的高山之顶竟然有如此一池静美之水！如此大胆的选址，让我不得不佩服父辈们的勤劳与智慧！也由衷地赞叹起大自然的神奇与恩赐！

不久前，我与朋友一起再次来到埝塘湾，别样的季节，别样的感慨，而那一方水却依然令人激动！春风轻轻，山花烂漫，把一方池水点缀得更加美丽！

我久久地伫立在池畔，欣赏这一池的蓝，想到这一方养育了一千三百多位乡亲的生命之水，把大家紧紧地系在了一起，生活中一天也离不开她，而她源源不断地流淌，取之不尽，用之不竭。我们欣赏她，但更敬畏她、保护她！如今，一拨一拨的城里人前来观赏这一池的秀水，他们赞美她，抚摸她，甚至用水壶带回家去品尝，想到这里，我内心充满无比的自豪与喜悦！

"埝塘湾，水酷赞，砂砖绕山弯……"想起儿时的顺口溜，不觉发出会心的一笑。我伸手在水面上轻轻地一拨，那水便慢慢地荡漾开去，那浅浅的波纹慢慢地，慢慢地，把我的思绪带进了那水的深处！

2016年3月10日

王罕岭，王羲之隐居的南山坡

　　一个酝酿千年的故事，一座承载千年梦想的山，一千六百多年历史长河的跨越，从东晋时期一直延伸到今天，鲜为人知的王罕岭，就是当年书圣王羲之所青睐而隐居之地。

　　北宋政治家、史学家司马光的《资治通鉴·唐纪六十六》记载："式曰：'贼无所逃矣，惟黄罕岭可入剡'"。此黄罕岭即今天的王罕岭，据新昌唐诗之路研究者考证，王罕岭初名应是"厂岭"。理由是："罕"乃"厂"字之讹，具体不展开解析。

　　初闻王罕岭也是来沙溪前的几年，一直以为王罕岭是一条普通的岭，来沙溪镇工作半年还没有清楚真实的一面，一直想去却一直挤不出时间，直到有一天和新昌报社的几位朋友一起去王罕岭时，才明白王罕岭不仅是一条岭，而且是一个地名及一个小山村的名字。

　　王罕岭位于沙溪镇北面，距镇政府所在地有一小时左右路程。虽没有王羲之致亲友信中所言"惊叹罕见此山"那么夸张，但确实是崇山峻岭，道路崎岖不平。我们翻山越岭穿行于迂回曲折的山林间，尽管时值初冬时分，却是汗流浃背，气喘如牛。离镇十多分钟便见杂木丛生，山势险峻，起伏延绵，颇有大气磅礴之感！四十多分钟后，便可见山顶处翠竹掩映，几棵樟树枝繁叶茂，隐约感知村落有望。上得山来，却见此地虽不甚宽阔，却地势平缓，王罕岭村看上去不过二三十户人家。村中不过里湾、外湾、眠牛湾、墨池、金庭道观几处遗迹，再加上几棵曲枝盘桓的古柏，一块石碑被围在王羲之故居后的一棵旁逸斜出的苍柏前。不时可见残垣断壁，一副萧条落寞的景象。

时间是漫长的，也是仓促的，一千六百多年的历史不过弹指间。山村十分安静，几只大红公鸡昂首阔步，几只白毛大鸭在村前田间觅食，很少有村民住在村里，实际居住此地的不过十来户人家。这些低矮破旧的房子静静地依偎在这山腰间，好像根本没有出现过一位堪称举世无双的书圣。虽说小镇距王罕岭不过一山一岭之遥，这山这岭却恍如隔开一个世界，相比之下，王罕岭显得异样的冷清，这里看不到任何值得炫耀的一景一物。王右军走了，在一千六百多年前为后人留下一笔不菲的文化遗产，竟然被后人安然地置放在这荒山野岭之间一动不动，只留下一个美丽的传说，不由让人感慨唏嘘！

想当年，王右军对此山一见钟情，喜欢它的崇山峻岭，气势不凡，于是隐逸于此，在此地建道观、采药、访友、习书练字，逍遥自在，过着神仙般的生活，并于此颐养天年。值得一提的是，他隐居此地后书法的造诣得到很大提高，并成为"书圣"。或许正是这一方山水的豪迈气势赋予了他极大的灵气与书兴，使他的书法艺术登峰造极，一举成名。当年他追求一种安逸清闲、远离尘世的神仙境界，使这里成了"蓬莱仙岛"，许多人在这里寻觅徘徊，却不得其门而入！那一拨拨寻觅者是否与我一样感慨？！

假如今天王羲之故地重游，想必也会扼腕叹息。一千六百多年的历史，依然没有使他的故居焕发容光，曾经的光环居然沉溺在了这悠悠的晚风中。都说神州大地起了翻天覆地的变化，而这里却千百年不变，始终保留着原生态的样貌，莫非还期待他再度隐逸此地？在这清贫的山野之中，值得庆幸的是，时至今日，依然保存着当年那份纯洁、清新，宛如一株幽兰散发着昔日的清香！

曾经的山，曾经的水，在这人烟稀少的山村远眺，远处的山脉错落有致，低矮的云天静静地笼罩在山头上。王罕岭这个处于天台山、四明山、天姥山交会之处的地方，却显得沉郁幽静。都说"山不在高，有仙则名"，我深信这沙溪的后院，金庭的门户，定会冲破这关山屏障，绽放耀眼的光芒。

2012年8月30日

雪域江南

2016年的第一场雪下在了春节前夕，大自然以挥洒的大手笔给江南的山水披上节前盛装。这是一场久违的雪，是一场振奋人心的雪，恰似一场冬天里的盛会，让宁静的冬天沸腾起来！

我曾梦想的茫茫雪域是在大东北的林海雪原，或者在大西北的戈壁滩、大草原上，甚至在更为遥远的西伯利亚。那一定是无边无际、震撼人心的！

那些年，我去了终年积雪的玉龙雪山，也见过终年积雪的新疆天山天池，还去了青海湖，不仅见到了辽阔的青海湖草原，还目睹了冰天雪地的雪原魅力，从祁连山脉到青海南山，足以让人感受到青藏高原的磅礴气势！

都说江南的山水春花秋月，妩媚委婉，多以柔美著称，即便是在三九严寒的冬天也少有冰天雪地的日子，即便下了雪，也下得腼腼腆腆，没有北方的肆虐与霸气，倒也确实如此。因此，在江南，偶然的雪花飞舞，便成为一道少有的美丽风景！江南的雪不像大东北那样司空见惯，但是，今年家乡的这场雪却下得不同以往，非但来得有些突然，而且有些夸张。记得那次刚刚还是小阳春般的温和天气，一夜之间便寒风袭人，大雪纷飞，而且一下就是两天一夜，转瞬之间就把一个乍寒还暖的江南变成了一幅粉妆玉砌的雪域图画！

雪，纷纷扬扬地下着，心便随着"唰唰"的下雪声慢慢地静下来！

村庄、大地、山川都慢慢地披上了白雪银装，世界便慢慢地亮起来了。

那无处不在的雪，那绵延不绝的雪，那满世界的白雪取代了冬天的萧条，那些枯萎的画面也开始鲜活起来，使人的血液加快流淌。

雪后气温变得越来越低，而且是几十年未遇的强降温。河流封冻了，皲裂的地面上长出了晶莹的冰牙，房檐下挂起了参差不齐的冰柱。那一幅幅的画面，骚动着，让人的心渐渐暖和起来。

道路淹没了。庄家淹没了。大地上唯有白茫茫一片，整个世界被白雪覆盖起来。

如果说山同脉，水同源，那么，我说白雪藏匿了边界，白雪拉近了距离，那绵延不绝的山脉，因为白雪成了无边无际的雪域！尽管江南的雪不会终年不化，但它所展示出的雪域气场与大东北的林海雪原相比却毫不逊色，让人感觉到了江南的特有魅力！而且这昙花一现的美更为珍奇，更为美丽！

这一场突如其来的雪使江南展现出别样风情，更添了无限的风光！这一场久违的雪，给江南的人们带来了惊喜，也带来了特别美好的心情！这一场久违的雪，使乡里乡亲更加亲密了！

在我的家乡，成群结队的人们冒着寒冷登上天姥山、安顶山、罗坑山……去感受雪域江南的气场；他们走进大佛寺、沃洲湖、十九峰……去感悟江南美景的无限魅力；更有许多人走村串巷，找寻白雪带来的无处不在的美景！

那些赞赏江南雪域的人们四处找寻美丽的雪景。他们把一处处美景用手机拍下来，定格成永恒，或做成画册，或发在朋友圈，或发在QQ上，迅速传播。

还有那些清扫积雪的养护工人，那些自发组织清扫积雪的乡里乡亲们，他们齐心协力，团结在一起，脸上露出自豪的笑容！

到处是流动的人群，到处是长龙似的车辆，他们打雪仗、堆雪人、滚雪球……尖叫声、欢笑声，使整个江南疯狂起来了！

这些天，我曾站在窗前，近看白雪旋转飞舞，远望窗外的那片竹林越来越白，慢慢低垂下来，看到树木上的积雪像开放的一朵朵棉花；我也曾登山遥望银装素裹的群山，任凭冰冷的北风吹过脸颊，聆听北风发出的刺耳呼啸，感受冷后发热的耳朵及手足；我也曾踏着积雪四处寻找雪后的美丽景象；欣赏了"千里冰封，万里雪飘"的江南雪域的浩荡，感叹过"山舞银蛇，原驰蜡象"的壮观。

"最爱东山晴后雪，软红光里涌银山"，太阳出来了，整个世界犹如一面闪亮的镜子，反射出强烈的光芒。不远处，一尘不染的村庄里冒出的袅袅炊烟，慢慢地消散在蓝天里！人轻轻地踩在洁白的雪地上，发出"嘎吱嘎吱"的声响，那一串脚印紧紧地跟着我，与我一起沉醉在江南雪域的怀抱里！

2016年1月25日

人间四月花芳菲

　　"人间四月花芳菲"。这不是我有意篡改"醉吟先生"的诗句，而是由衷感叹江南四月浙东烂漫的山川景色。那青山绿水渲染的美一再贯穿我的血液，让我发自肺腑地赞赏。更是那历朝历代的文人墨客，一次次踏进宋朝词人王观眼中的"眉眼盈盈处"时所发出的共鸣！

　　不敢说小将代表了江南，但江南涵盖了小将。四月的小将，以其特有的绚丽多姿代言了江南春色。人间四月，地处浙东山水的小将，不仅繁花似锦，让人流连忘返，而且在其博大的胸怀中典藏了无限的深意和诗韵。在悠久的历史长河中，从来不乏高僧大德、文人墨客的雅聚盘桓。

　　一条唐诗水路，一条盐帮古道，六座孤傲高峰。更有南洲、芹塘、茅洋等意韵深远的古村落，这些足以让人勾起对无数前尘往事的探索和畅想！

　　与其说一千多年前的白道猷、竺道潜、支遁等十八高僧和后来的戴逵、许元度、王羲之等十八名士云集深山修身养性，潜学问道，倒不如说他们选择了此地人间仙境般秀美宁静的人居环境。他们清心寡欲、和谐自然、纵情山水、放歌人生。

在这里，静，可观花草虫鸟，听自然之声；动，可登高，一览群山连绵不绝博大壮阔之场景！更何况，这里远离人间喧嚣浮躁，远离纷繁复杂，可在悠闲恬静中找回自我。

当年，那些高士名贤群集于此，每日里品茶论道，吟诗作赋，悠闲自在，对于那些士大夫而言，他们在这里找到了自己想要的环境与生活空间！于后来者而言，他们的生活方式也好，他们的思想观念也罢，都有着深远的影响。

历史总是有着惊人的相似。人间四月，无须雕琢，沃洲大地便成为一道无法逾越的风光。四月的芬芳馥郁吹散了文人心头的郁结，激发了他们的创作灵感。无论是风雨飘摇的乱世，还是歌舞升平的盛世，这扇深锁的大门一次次被人们打开。就这么一个小小的山城小县曾几度在这个文明古国中被推向文化的高峰。晋宋时期便被一群士大夫焐成热土。到了大唐盛世，再次被大批诗人掀起文化热潮。那些文人雅士，怀着一探先人足迹，感悟晋宋遗风的情怀，蜂拥而来，成就影响深远的文化盛事。于是，便有了唐诗水路，有了吴融隐逸迭里的史实，有了今人对唐诗之路的深入探究。

而今，人间四月依然楚楚。一群群诗人，他们结伴而来，踏歌而行。走进沙溪，走进巧英，走进回山，走进浙东的山山水水，行进在大山古老而纯净的脊梁上。走进那些散发泥土气息和木质清香的诗文里，沐浴着清风细雨，与山水对话，感悟风花雪月之曼妙。吮吸着清新的空气走出大山，仿佛经历了一次身心的净化。

但不可否认的是，他们同样钟爱这里的山川草色，钟爱这人间四月的芳菲之地！他们吟诵着古老的诗文，抛开世俗烦忧，感悟四季时令的曼妙和纯净的意境，在历史风雨的平仄声中寻找到了内心的宁静，感悟到了大自然四季轮回的无限魅力。倾泻出雅士之情，把它融入四月美景！

他们一次次踏入小将腹地，把四月反复吟唱，在这里感悟群山的心跳，和风共鸣，和水荡漾。他们重走唐诗之路，体验盐帮古道，踏古村，登高峰，访古踏今。于那些垫高的河床，倒塌的古迹，夕阳晚照的残垣断壁中，寻觅那些逐渐淡化的足迹和遗落泛黄的诗句。他们激扬文字，以吟唱赞赏大山里边的人间四月。

"路漫漫其修远兮，吾将上下而求索。"正是这种孜孜以求的探索精神，使他们从盛世太平的端口，深入大山寻找深埋的古意雅韵，以另一种方式阐释了当年文人雅士那种山水情怀！

打开那些文字，那山那水那村落，字里行间无不流露真情。洋溢的美，如一幅幅图画浮现在脑海中，让人身临其境，仿佛回到从前。但纵有千般风情，却无非人间四月的绽放！

每当你蜿蜒在盐帮古道，徜徉于悠悠的唐诗水路，穿行于千年古村，翱翔在群芳灿烂的花海中，你便忘却人间烦忧，返璞归真，开始穿越时空，走进唐朝，走进两晋南北朝，或者更远的远古时代，一任思绪飞越，与古人对话，酣谈佛教盛事，感悟茶道起源，促膝举杯，谈诗论道。于是乎，那山川草色间无尽的诗词佳句奔涌而出，仿佛大珠小珠落玉盘；仿佛天籁之音萦绕耳际，叮叮咚咚，似高山流水。那一桩桩，一幕幕，跌宕起伏似群山连绵，深邃而辽远，幻化成优美的章节。

一切浮躁和虚荣，都是短暂的！唯有那种自然质朴中的真、善、美才是永恒的！仿佛人间四月自然流露的芳菲，仿佛人们不断追求的诗和远方，仿佛历史的精髓反复重置于人间四月！

2019年6月1日

罗坑山之行

久闻罗坑山地处四明山、天台山、天姥山的交会处,西侧主峰菩提峰海拔九百九十六米,为新昌第一高峰;东北侧牛坪岗海拔九百七十八米,为新昌第二高峰。其大气磅礴,气势浩荡,却从未一观,六月上旬的一个上午,应朋友之约登临了罗坑山巅,体验了那种荡气回肠的气场,留下难以磨灭的印象。

是日,天阴沉沉,雾蒙蒙,初夏天气不冷不热。

十时许,一行六七人驾车抵达罗坑山脚下。沿新筑不久的步道,开始了我们的登山行程。一条小溪从山上奔流而下,水声淙淙,清澈见底。一路上曲径通幽,可见溪涧中不时有大小不一的巨石横亘,圆滑平坦,错落有致,如经园艺师特意摆放。沿一级级石阶迂回而上,可见茂林修竹,可赏飞流直下,可闻虫鸣鸟唱;观烟雾蒙蒙,赏山水青青,感受那种"云青青兮欲雨,水澹澹兮生烟"的场景。云来雾去,风吹树摇,山水清纯,空气清新,令人心旷神怡。虽汗流浃背,却感到浑身轻松。一行人气喘吁吁,在茂密的草丛林间走走停停,步行约一小时,似豁然开朗,抬头可见一山肩。再行不一刻便到得山肩处，与石阶十字交叉处横亘一条山径，前方下坡不远处可见林场场部楼房。

我们辗转场部，邀请一熟人带路登东高峰，便转入山坡于小径处往东方而行十余分钟，在一茶园平坦处，朝东观望，感受到了"会当凌绝顶，一览众山小"的场景。前方群山万壑，一览无余。不远处，青山叠翠；遥望四明山脉，天台山脉，唯见群山狂舞，跌宕起伏，连绵不绝，尽收眼底。东南方的华顶山似乎不过数里之遥，如鹤立鸡群，独舞其间；苍老的菩提峰如一位睿智的老人，安逸地耸立在罗坑山的西面。清风习习，浑身凉爽，吸一口清新的空气，默默地赞美大地的神奇，感悟山川大地的雄伟壮丽，恰如一幅飘逸俊秀的山川水墨画卷，内心止不住激荡昂扬！

置身于此，不由百感交集，油然而生一种成就感、征服感！

登山诚如人生经历。现实生活中，人一旦到达预定的目标，就会觉得一路的辛苦不过是组成成功的基石，所有的努力付出其实是那么渺小。

其实，在人生的道路上，无非经历这三种境界：第一种境界是"大道如青天，我独不得出"。当人刚进入社会时，会一筹莫展，处处碰壁，找不到生活的切入点，仿佛找不到上山的入口，在山脚下徘徊又徘徊。第二种境界是"山重水复疑无路，柳暗花明又一村"。你在人生的道路上不断地摸索，一次次地实践付出，一次次地挫折，在你的不断努力中转败为胜。恰如你进入了登山的旅途中，经历着风、雨、雷、电等各种曲折磨难的考验，于摸爬滚打中艰难而上。第三种境界是"山登绝顶我为峰"。此时，你到达了人生的最高境界，达到预期目标，取得了成就，那么你就会"春风得意马蹄疾",虽不至于呼风唤雨,但可以得心应手地奋斗在你的事业中。犹如你穿过乌云登临峰顶,站在白云之上,你的前途一片光明,天空一片开阔、蔚蓝,所有的风、雨、雷、电都成了你回忆的风景;所有的磨难、曲折转化成你意志的试金石,一切艰难困苦无非过眼云烟。

此时,云开雾散,阳光吐露,那绵延的群山伸向远方,消逝在蓝天白云的尽头,山川秀丽,江山竞秀,大有居高临下的胸襟。

伫立山肩,看远山苍茫,委婉大气;蓝天白云轻盈、空灵。让人不禁再次赞美罗坑山生机勃勃的青春活力,赞美大自然的鬼斧神工!

人若能返璞归真,回归自然,置身于宽阔、静谧的青山绿水的怀抱中,那该有多好啊!倘能于此峰顶朝阳谷地间置一亩半分之地,盖几间简陋的土木平房,种菜栽瓜,自娱自乐,春长夏发之际,山水转绿,置身于那种"苔痕上阶绿,草色入帘青"之地,定然别有韵味。或邀三五朋友,于盛夏晚风轻送时,纳凉赏月,举杯畅谈;或略备器乐,在月夜抚琴放歌;或于秋高气爽之际"采菊东篱下";于寒冬瑞雪飘飞之时感受"山舞银蛇,原驰蜡象"……感受"春日百花秋日月""夏日凉风冬日雪",远离世俗喧嚣。淡泊、自然,优哉游哉。与日月同欢、山水共乐,聆听天籁之音,那定然充满无穷的奥妙、惬意!

转眼已是正午,山上人家备下一顿简便的午餐,食材原生态的味道充入辘辘饥肠,我们吃得津津有味,心情无比舒畅,享受了那种很久没有的怡然自得的感觉。

午后的天空越来越阴沉,雷声隆隆,浓雾从西南方依山蛇行而来，那些大山的精灵飞速地吞噬着一座座的山，顷刻间，那山、那川在雾气中渐渐淡去，慢慢地消失在浓雾的腹中。空间越来越暗，越来越窄，瞬间，电闪雷鸣，一场暴雨随浓雾肆虐而来，豆大的雨点从山那边洒落，蔓延开来。不到十分钟雾散了，雨停了，一座座山峰慢慢丛云海中浮现出来。

赞叹大自然的无穷奥妙，把这青山绿水渲染成了一幅俊逸的水墨丹青。山更清晰了，树更绿了，天空更蓝了，此情此景让人流连忘返！

2011年6月26日

溯一江千古唐诗水路

"泛舟东来古剡县，舍擢朝入桃花溪。"让我们从一句诗走进一个古时的江南，那盛唐的山水从诗句中渗出来。这或许就是古时沃江的一幅画面。由此，我们不必穿越时空，只需折下一句诗，便能回到千年的诗路之中。

"此行不为鲈鱼鲙，自爱名山入剡中。"只这一句，我们便知道李白必定要来剡中。他带着一种不可磨灭的江南山水情怀，日思夜想，并激情澎湃地一挥而就《梦游天姥吟留别》，诗人笔下描绘出瑰丽的山水世界，成了千古绝唱。

诗仙都来了，那么其他诗人没有理由不来，再不来不就太对不起自己了，更何况，前有东晋十八高僧、十八名士，更有南朝山水诗人谢灵运的笔墨渲染。反正古时的沃洲注定要与那些著名的文人墨客结下不解之缘。十六福地也好，名山胜景也罢，皆有那些接踵而来的文化名人留下的诗文。

"东南山水，越为首，剡为面，沃洲、天姥为眉目。夫有非常之境，然后有非常之人栖焉！"非常之境，必有非常之人到来。

东晋时期，今新嵊一带高僧会集，名士不绝，岂止十八人？无非是取一个吉祥数字罢了。晋宋以来，兹山洞开，先后有白道猷、竺道潜、支遁等十八僧众，又有以戴逵、王洽、刘恢、许元度、王羲之等为代表的十八高士名人，他们于剡中、天台往来盘桓，访友赏景，交流学术。再者，当年的天台山、天姥山、沃洲一带因山清水秀，盛行修道养身，洞天福地，为天下所熟知。

那么，盘桓之间，那些名人学士何去何从？

"旱路，虽在南朝宋初，就由谢灵运开创了，但直到唐末，经过袁晁、裘甫两次起义，旱路成为往来台越的行军路线后，才成为'通道'。而水路，则阳与江左平原沟通，阴与深山腹地相接，加上'剡好为楫'，游人往来比旱路方便得多。所以这里很早以前就得到了开发，并被人们视为是仙境乐园。"有研究者经过推敲，说出了个中原委，以及水路在当时的重要性与盛况，而水路即今新昌兰沿至天台石梁，沿途经过沃洲、白竹、茅洋、慈圣等二十五个自然村。

时至今日白竹村民还流传有：黄坛白竹，撑竿掇掇。盛传古时沃江一带，六千多人口中从事船工运输的有四百余人，白竹设有中转站、排工工会组织。于白竹溯江而上使竹排，顺流而下可通舟楫。

一年四季，神秘莫测。有烟雨蒙蒙春好时，有暮雪纷纷挂冰川。沿途的玉女峰、天姥峰等，诸多洞天飞瀑，平湖峡谷。千岩竞秀，美不胜收。此时此刻，撑一轻舟，在曲折迂回的山水间，逆流而上也好，飞流而下也罢，聆听天籁之音，诗情画意无不动人心弦，激发创作灵感！

江南的委婉妩媚自然是特有的风景，春花秋月，风情万种，也难怪那么多文人墨客流连忘返于斯，乐此而不疲！于是乎，盛唐时期大批诗人辗转剡中，遍访高人雅士，名山胜景，吟诗作赋，似乎要把这里的山山水水都载入唐诗之中。

"读万卷书，不如行万里路"，当年的文人墨客，以这种特有的社会实践方式来磨炼自己，提高自身的实践知识，并用山水的灵性来滋养自己的修为。而在当时，访友赏景是一件极为高雅之事，是文人雅士身份的象征。

那么多的文化名人选择了这里，是因为这里的山水选择了江南，在醉人的山水间，低头有阡陌红尘异彩纷呈，集尽了江南的妩媚风韵，远望群山跌宕起伏，更有北方的雄浑大气。即便生于斯长于斯的现代人，也同样为其所陶醉，比如，尽管我们隔三岔五地来到茅洋，但这一山一水，那荡漾的柔波，那青葱的群山总是令人牵肠挂肚。

"相看两不厌，只有敬亭山。"在我的眼里，那一山一水都是李白诗中的敬亭山。而更有一拨一拨的游客们，流连忘返，赞不绝口！仿佛他们已化身为一群群唐朝诗人！

沧海桑田，历史变迁。千百年前，王维、李白、杜甫、孟浩然、白居易等四百多位诗人写出了一千五百多首诗歌，洋洋洒洒，气贯长虹，在沃洲大地留下震撼人心的时代强音，让我们似乎听到了大唐盛世的心跳，那解不开的山水情怀，一声声那么亲切，那么温馨！

沃江，以水的灵动雅致，开启一条令人迷醉的唐诗水路，尽管由于陆路的开发以及种种原因逐渐丧失了原有的运输功能而淡出人们视线，然而，因其悠久的历史和曾经的辉煌却依然焕发着不可掩盖的光芒。其作为一条有着深厚文化底蕴的唐诗水路，在探寻历史轨迹，研究唐诗文化，挖掘山水资源和开发旅游等方面，不仅更具可塑性和可操作性，而且具有重要意义！

江水依旧，清浅流淌，只是不见了当年的身影，唯有那曾经的一字一句，唤起我们无限的遐思，似乎当年的少年才俊，乘一叶轻舟，在杨柳河畔吟诗作赋。

一条旧时路，半部全唐诗，归去来兮！

2018年6月2日

下笔侃侃

一直想写几句什么，可一直有这样那样的理由拖延，或者，根本没有理由却一直搁笔不动。今天，偶然想起觉得应该写几句什么了，就这么下笔侃侃。

总说世事变幻，事实何尝不是如此？此次，来回山老家工作，转瞬间，一年有余了。一年来，感慨良多，什么山高路远啊，什么兢兢业业啊，什么委曲求全啊……总之，一年没有白忙活。与其说荒废了许多，倒不如说开辟了新天地。其实，有得必有失，得失互补；有喜亦有忧，喜忧参半！惶惶然，就过去了一年。

当然，最多的感慨是工作及角色的转换。古有"朝为田舍郎，暮登天子堂"，算是应了这句古话，虽不是白发暮年，却已到不惑之年。又常听说男人三十而立，而自己却是不惑而获。

没有想到的是，十几年前，自己辛辛苦苦挤进城里打拼，总算找到属于自己的一小片天地，然后，挤进了公务员队伍，一不小心却又回到从前的故土，不禁勾起对故乡无限的遐思。

一切重新开始，山还是那座山，梁也还是那道梁。可是曾经的独木桥已经开不了小轿车；高楼大厦替换了旧时的小土房。虽说移风易俗，百废俱兴，然而，断瓦残垣、古树斜阳却变成为另一道风景线；冬去春来，青山绿水，花谢花飞……那些遗落的往事雪花般地飘起来，曾经的故事成了美好的回忆。

一切依旧进行，虽然生活上起了一定的变化，然而，工作除了乡镇工作外，依然兼任着村支书，为了给村里多做些事情，为了村里集体经济发展，发展现代农业。结果，事与愿违，遭到了一些人的诬蔑。曲曲折折带来了许多的麻烦，说三道四，尽说些昧良心的话语。不过，无所谓，只要问心无愧，为村民办实事即便遭到攻击也觉得心安理得。而且，深信到头来有些许良心的人还是会给一个公平客观的说法。

有的人就是这样，觉得人家比你做得好就不甘心，觉得人家比你有出息就不甘心。当然有比较、有竞争，固然是好，许多时候也会激发前进的力量，但不应该用打击报复等手段，这样亏心损人就太不应该。

平凡的生活即使平淡、纯真，也有些许的灿烂。骨子里流淌的无限的激情，一任自然奔放，随生命的旋律高声歌唱，无愧于心。死如秋叶，安然自得，无挂碍，与世无争，祥和自然，如一叶秋叶于一潭清泉之中静美流淌，愿足矣！

人生就是这样，能够心平气和地走完全程，就不容易。不管一路上经历了多少风雨，能跨越就是一道道美丽的风景！

2011年2月6日

乡情，是一路最美的风景

　　每个人的心里都有一个故乡，每个人的心里都有一份深深的乡情。"美不美故乡水，亲不亲故乡人！"故乡的温暖以及深厚的乡情是与生俱来的不变的基因！

　　"举头望明月，低头思故乡。"在李白的心里，故乡犹如一轮明月，如影随形，不离不弃！"君自故乡来，应知故乡事。来日绮窗前，寒梅著花未？"身处孟津多年的王维，久在异乡，他在他乡遇故知，问及故乡事。贺知章以"少小离家老大回，乡音无改鬓毛衰"感慨重返故乡。自古以来描写故乡的诗文不计其数。故乡如同一棵相思树，令人刻骨铭心，难以忘怀！他乡再好再美，客居再久，终究要叶落归根！

　　当然，许多外出的游子，假期也好，节日也罢，或者出差办事，总是找这样那样的理由回到家乡。看看山，看看水，看看家乡的父老乡亲，聊聊天，谈谈工作……从渐渐褪色的往事中寻找一些曾经的记忆。如此流连忘返，那些陈年往事便如同沐浴春风，开枝散叶，重新变得郁郁葱葱起来！

多少古人，把思乡之情抒发成千古绝唱。而我们何尝不似古人！思乡之情魂牵梦萦，谁也阻隔不了。自古以来，因为乡情，许多客居他乡的游子，常以各种各样的形式表达对家乡的情怀，如集资捐款修桥铺路、助学办学等。更有许许多多的人，他们协助家乡做民生实事，捐赠各种器具，或为家乡的发展出谋划策等，他们默默无闻，有的甚至将毕生心血倾注于家乡的事业。或多或少，或轻或重，同样彰显深深的乡情！

时间酿造出最香醇的乡情。岁月匆匆，几十年光阴弹指一挥间，而思乡之情如同一坛陈年老酒，越发芳香馥郁！每当想起家乡，记忆的闸门便欣然开启，童年纯朴天真的往事，一桩桩一件件源源不断地涌上来。与小伙伴一起游泳、掏鸟、做游戏……童年的趣事令人陶醉。当然，也有心酸，记得那些年，由于家父胃病严重，生活的重担基本落在了母亲的身上，使原本底子不好的家庭犹如雪上加霜，全家陷入生活的困境中。而我们兄妹在六七岁就成了父母的小帮手，烧饭、采茶叶、割草、放牛……我九岁就去生产队当小社员。三四年级以前我基本穿着别人赠送的旧衣服，甚至有一段时间的冬天，就穿着母亲的黑色灯芯绒外衣，又长又大，里边是一件同村一个女孩穿旧的花棉袄。后来在一次玩游戏时被同学发现了"花衣裳"（在二十世纪七八十年代男孩是没有人穿花衣的），同学们都取笑我，而我一颗小小的少年的心更多的是对生活的无奈。

好在少年不识愁滋味，尽管难忘曾经的苦难与艰辛，可苦难的生活使人在逆境中得到磨炼，健康成长，变得更加坚强。在人生的道路上，尽管行走的方向一致，但人生的经历却各不相同！

而曾经的苦难却能化为更深的乡情！

　　难忘家乡，特别难忘五花八门的民风习俗，那一幕一幕浮现在眼前的情景是那么清晰。记得那时，小孩子最盼望的是过节，一年四季不知道有多少节日，如清明、端午、夏至、重阳、春节……每当节日，就能够与一家人团团圆圆地吃上一顿，那时生活比较清苦，而过节日，祭祀祖宗的菜肴必须有八碗，而且要到集市上去买一些荤菜，对孩子来说是比较惬意的一顿。当然，春节是一年的大节，一到年前，家家户户都会准备年货，买豆腐、裹粽子、打冻、炒花生、炒番薯干等，热热闹闹，喜气洋洋。小伙伴们就聚在一起做各种游戏，可以尽情地释放童年的快乐！

　　"独在异乡为异客，每逢佳节倍思亲。"那绵绵佳期，悠悠情思，犹如一杯浓茶，苦中透着一丝清香！尽管客居县城百里之遥，但只要一有时间总想往家乡跑，即便是去看一看父母，去村里转一圈也好，总感觉那么亲切，那么舒畅。尽管家乡山路弯弯，百转千回，可跑起来依然那么轻松，越近家乡越是温暖，一路而来看看这也好那也美，家乡就是那样让人难以割舍，难以忘怀。每每回到家乡就如沐春风，返璞归真，从心灵的深处得到了彻底放松。

　　回到家乡，我总喜欢登上山岗看看熟悉的山水风光；看看曾经劳动过的田间地头，想想那些曾经生长的水稻、麦子；总喜欢去村里转转，看看朋友们，与他们聊聊天，听他们谈论村里的一些事情。也会去看看曾经的一些景物，那两口古井已经积满泥沙，没有了曾经清澈见底的情景。许多旧时的四合院和老房子只剩下残垣断壁，而有些当年的主人也驾鹤西去。触景生情，不免黯然神伤，从渐渐淡忘的记忆中去搜索一些曾经遗落的点点滴滴！就是那种最原始、最淳朴浑厚的乡情！故人故事值得怀念，值得回忆，有时心底不免沉甸甸的！

多少回，我伫立窗前面朝故乡，怀想生我养我的故乡，怀想古稀之年的老父老母，怀想那些面朝黄土背朝天的父老乡亲，不由感慨万千！时间如同白驹过隙，一晃几十年过去了，而我却未能事业有成，过着朝九晚五的生活，不能为家乡的发展做出应有的贡献，愧对家乡父老！虽在心中深刻"勿忘在莒"，但也只是空怀一腔对家乡的热血之情！

乡情不仅是一种思念，一种美德，一种期望，更是一种责任，心中对家乡的关爱与支持无时不在！它如同一道绚丽的风景，绽放在人生的旅途中！不仅传递了一份浓郁的乡情，更深的是凝聚成一股强大的社会力量，从而更好地发挥对家乡的作用！

是啊！乡情如潮，起伏心间；乡情如风，温暖绵长；乡情如诗，耳熟能详！乡情更是一道优美的风景，展现在曲曲折折的人生道路上！只要乡情在心间，无论天涯海角，无论贫贱富贵，心中不会迷茫！

"故乡的山，故乡的水，故乡有我幼年的足印……"程琳的《故乡情》缠绵悱恻，令人陶醉，如同绵绵春雨，悠扬的旋律一声声激发出浓浓的乡情！

2016年4月7日

一筒"圆沙"

在我孩提时代，我的家乡也管月饼叫"圆沙"。印象中，这是一种比较老旧的称呼。

那时，月饼种类不像现在这么多，大致就两种：椒盐或者豆沙，而且，都是筒装的，一筒十只，用白色或者红色油纸包装，每个"圆沙"的背面有一张垫底的纸，据说这张纸也有一定的来历。产地也很单一，好像就是本地一家食品公司生产的。

八月半吃"圆沙"，也是当地盛行的一种传统习俗。在二十世纪七八十年代时，人们的物质生活还是比较匮乏，不少家庭还温饱不足，"圆沙"当然也算是个好东西，不是经常可以吃到的，只有在中秋前后才有。

节日给人们带来的福利，成为当时人们的一种期盼，一种奢望。因此，那些年人们对节日的印象也特别深，总会时不时翻翻皇历，生怕错过节日佳期。而且，节日的饮食文化，特色也十分鲜明，如清明吃麻糍、端午吃汤包、夏至吃麦饼、中秋吃"圆沙"、重阳吃麻团，等等。当然，春节是最大的节日，吃的内涵也就更加讲究、更加丰富了，想必大家都知道，我也就不一一列举了。

那些年，人们把节日过得特别有滋味，因为平时生活清苦，难得在节日期间改善一下生活，买点好菜，一家人聚在一起，喝一盅小酒，享受节日带来的快乐。

在我的印象中，节日期间的大多数特色小吃都是自己动手就可以制作的，唯有"圆沙"必须到商店里去买来吃，而且，大多数节日主要是为了祭祖请神，慎终追远。而中秋节就是人们自己的节日，无须祭拜祖宗，一家人团聚一起，只是吃"圆沙"，赏月亮，共享天伦之乐。

虽然那时"圆沙"种类不多，但特别好吃，酥脆可口，尽管现在的"圆沙"种类繁多，馅儿料丰富，五花八门，但的确没有那时的好吃。眼下，无论再高档好看的"圆沙"也提不起那时的食欲。

记得当年，因为一筒"圆沙"，我二伯父与同村欢富大伯打了一赌。那时时值中秋佳节来临之际，生产队里集体劳动，社员们边干活边讨论中秋佳节，讨论"圆沙"，说着说着，就说到了"圆沙"的吃法，我二伯说这"圆沙"一口一只吃掉一筒也没有问题，欢富大伯一听就来劲，说若能一口一只吃一筒，钱就由他出，吃不完你自己出。就这样一来一去，社员们一鼓劲，有好事者跑到小店里赊了一筒"圆沙"。那时，我二伯才三十多岁，他身材高大，一口一只"圆沙"当然不在话下，一口气就吃了八只，还剩两只，问欢富大伯要不要吃一只，不然就全"报销"了。欢富大伯连忙吃回一只，结果，实打实输掉了九只"圆沙"。这一吃，吃得欢富大伯心都痛了。那时，一只"圆沙"五分钱，可这生产队劳动一天，一个全劳力按十分算才二三毛钱，这五毛钱一筒的"圆沙"，相当于这一赌欢富大伯输掉了至少两天工资，那时的工资基本是用来养家糊口的，不像现在经济有结余，吃喝不用愁。欢富大伯回家后给欢富大妈骂了个狗血淋头。

月儿依旧，星星依旧，而两位老人早已作古，当年的打赌成为一段历史，一个时代的记忆，反映了当年人们的生活情况。要是在当下，再高档珍贵的美味佳肴也没有人打赌了。如今，单纯的筒装"圆沙"已经成为过去，各式包装精致的"圆沙"样式时尚新潮，馅儿料应有尽有，如蛋黄、花生、葵花子、杏仁、黑白芝麻、蔓越莓、葡萄干、麦芽糖、糯米粉等，只要你叫得出口的一应俱全。五分钱一只的"圆沙"更是成为一个特定的时代符号。当下的"圆沙"从几毛钱一只到几元钱一只，甚至几十元，什么纯金的、纯银的，更有几十万元一盒的令人惊悚的天价"圆沙"，实在令人匪夷所思。

"月到中秋分外明"，不仅寄托了人们对亲人的思念，也更多地展示出人们对美好生活的向往与追求。随着物质生活的不断充盈，人们已经远远超脱了物质生活，不断追求美好的精神生活、品质生活。每逢中秋佳节，人们不仅做足了"圆沙"制作的艺术与文化内涵，而且把节日提炼升华，通过各式各样的活动方式，如中秋诗会、中秋晚会等，把它作为追求情趣、追求意境的新型生活模式。

2018年9月9日